わたしは告白ができない。

櫻いいよ

角川文庫
22510

目次

第1章　わたしのラブレターが見つからない。

睦月《むつき》　燿《ひかる》さま

あなたのことがずっと好きでした。
わたしと、つき合ってください。

朝桐《あさきり》　小夜子《さよこ》

通算、八十二通目のラブレターをしたためたのは、昨晩の深夜一時半のことだ。

中間テストを終えたばかりの五月下旬の、湿っぽい空気に包まれている部屋で書いたそれは、短いながらも過去最高のできだと思った。たった数行だというのに、書き終わったあとは疲労感と達成感があったくらいだ。

少し早めに押し入れから出してきた扇風機の前で、あらためて読み直す。

うん、簡潔でわかりやすい。出会いから、好きになったきっかけ、そしてどこが好きなのかを延々と便せん五枚以上にわたって書いた前回よりもはるかにいい。

やっぱりわかりやすいのが一番だ。シンプル・イズ・ベスト。

この最高傑作のラブレターならば、今度こそ、わたしは渡せるはずだ。

明日こそ、わたしは彼に告白をする。


――はずだったのに。


「……ない！　ない！　なんで！」

放課後の誰もいない教室で、机の上にカバンの中身をひっくり返して叫んだ。カバンの中に頭を突っ込む勢いで捜す。けれど、ない。あったはずのものがない。

ざあっと血の気が引く音が聞こえた気がした。

やばい、やばいやばいやばいやばい。

名前入りのラブレターだ。廊下に落として誰かに見られたら明日から笑いものになってしまう。あの彼に告白だなんて、身の程知らずだと陰口を叩《たた》かれるに違いない。本人に告白してふられたあとならば、馬鹿にされても受け入れる覚悟があった。けれど、その前に晒《さら》し者になるのは話が違う。

とにかく捜さなくては！

校内中のゴミ箱を漁《あさ》ってでも見つけなければいけない！

ときすでに遅し、の可能性は今は考えないことにして、とにかく一刻も早く！

そう思って教室を出ようと振り返る——と、廊下に面した窓から、窓枠に肘《ひじ》をのせて中を覗《のぞ》いている人物と目が合った。長袖《ながそで》のYシャツを腕まくりしているので、彼の右腕にある大きな火傷痕《やけどあと》があらわになっている。どこかの窓が開いているのか、生ぬるい風がやってきて彼の黒髪をやさしく揺らした。

「……なにしてんの、あんた」

形のいい唇が、ゆるやかに動く。

彼に話しかけられるのは二度目だ。吊《つ》りあがり気味の一見冷たそうな瞳《ひとみ》がわたしを捕らえている。わたしだけを——って、胸キュンしている場合ではない。

「な、なんでも、ないです」

「なんでもないわけねえだろ。叫び声が廊下まで聞こえてたけど」

そういえばさっき、ラブレターがないことに気づいた瞬間雄叫《おたけ》びをあげてしまったのを思いだす。そのせいで彼はこの教室にやってきたようだ。

「ナンデモナイデス」

もう一度同じ言葉を繰り返す。

はっきりと口にすると、片言になってしまった。ホント、ナンデモナインデス、ダイジョウブデス。壊れたアンドロイドのように、笑みを貼りつけながら繰り返す。そして、机の上に散らばっているノートや教科書、ペンケースをカバンの中に放り込んでいく。

どうか、彼が興味を示しませんようにと願いながら。

「なんかなくなったんじゃないの？」

「まあ、ちょっと。でもたいしたものじゃないから大丈夫です。大丈夫」

大事なことは二回、口にしなければいけない。

むふ、と彼が小さく頷《うなず》いたのを見て、安堵《あんど》の息が漏れた。が、彼はにんまりと口の端を引きあげ、やさしげに細めた目をわたしに向ける。

「手伝ってやるよ、暇だから」

「いや、大丈夫です、本当に！　なんでもないので！」

「困ってる生徒が目の前にいるのに、無視するなんて部長の名が廃るだろ」

いや、あなたはただの風紀部の部長ですけど。まったく関係ないですけど。

「で、なにを捜してんの？」

目の前にいるあなたへの、睦月燿くんへのラブレターです——なんて言えるか！

◇　◇

遡《さかのぼ》ること、約九時間前——。

朝、学校についてそうそう、目の下に隈《くま》を作ったわたしは二年B組の教室で八十二通目のラブレターを掲げながら、友人のかさねに宣言した。

「今日こそ、わたしは告白するから！」

「もう聞き飽きたんだけどー」

机を挟んでわたしの正面に座っているかさねが、ちゅうっと紙パックのジュースを飲みながら言った。赤い眼鏡の奥からうんざりした視線をわたしに向けてくる。

黒髪ロングのかさね——陣内《じんない》かさね——は高校で出会い仲良くなった友人だ。切れ長の瞳に長い睫毛《まつげ》、おまけに身長はわたしより十センチ以上高い百七十センチのモデルスタイル。だというのに、Yシャツは第一ボタンまできっちりとめてリボンも緩めることなく結ばれている。スカートは膝丈《ひざたけ》まであり、赤ブチ眼鏡に長い前髪でモテる要素をこれでもかと隠している。

どうしてそんな格好をしているのかと思ったら、なにやら今まで容姿にまつわる煩わしいことが数えきれないほどあったらしい。中学から今のファッションをはじめ、以降とても平穏に暮らせているのだと満足げに教えてくれた。美人には美人の悩みがあるんだなあ、とこれといった特徴のないわたしは思った。

だからこそ、わたしたちは親友とも呼べるほどの仲なのかもしれない。

かさねとは、去年同じクラスになり、たまたま近くに座ったことから話すようになった。見た目は優等生タイプだけれど、思ったことをはっきり臆《おく》することなく相手に伝えることのできる彼女に、今まで数えきれないほど助けられてきた。一緒にいるとすごく安心する。二年でも同じクラスになれたときは、頼もしさを感じたくらいだ。たまに毒舌すぎてへこむこともあるけれど。

もしもかさねが輝かしいオーラを放っていたら、わたしはきっと気後れして親しくできなかっただろう。

誰とでも仲良くできる。けれど、誰とも親しくできないわたしだから。

いや、でも、高校に入ってから少しはかわれた、と思う。ほんの少しだけ。

だからこそ、わたしはこれを……！

ラブレターを持つ手に、やさしく力をこめる。

「いい加減諦《あきら》めたらいいのに」

その様子を見ていたかさねが、舌打ちまじりに言った。苦虫を噛《か》み潰《つぶ》したみたいに眉《み》間《けん》にシワをぐっと寄せている。

「毎朝毎朝同じこと言うだけじゃん。飽きた」

「大丈夫、今日は渡せる気がする」

「それも聞き飽きたんだけど」

「今回のラブレターはできが違うから大丈夫」

「……それも」

「それ以上言わないで！」

うんざりした顔をするかさねの目の前に手のひらを向けて先の言葉をとめた。

わかってる、わかっている。

わたしがこうしてラブレターを手に決意を表明するのは、かれこれ百回目以上になる。

高校一年の二学期から、高校二年の現在まで、ほぼほぼ毎日。

毎回、今日こそは、と思っているけれど、できないまま今に至っているのは事実だ。かさねの気持ちはわかる。わたしがかさねの立場ならば同じことを口にするだろう。

でも！

「今日のこの決意は今までとはなにかが違うの」

自信満々に宣言すると、じっとりとしたかさねの視線がまとわりつくのを感じた。そして、諦めたかのように肩をすくめて「まあがんばれば？」と心のこもっていない口調で言って本を読み始めた。心底興味がなさげだ。

「かさねって恋愛ドラマとかは好きなのに、恋バナは嫌いだよね」

彼女の手には一冊の文庫本。カバーがかけられているけれど、昨日の続きを読んでいるのであればラブファンタジー小説のはず。かさねが最近ハマっているシリーズものらしく、わたしもかさねに借りて数冊読んだ。主人公のお姫様が、敵国の皇太子（しかも親の仇《かたき》で、おまけにイケメン）と恋に落ちるお話だった。ドラマティックできらびやかで、ときに切なく、とてもおもしろかった。

かさねが好む物語は、いつだって恋愛ものだ。国内外、ドラマ映画マンガ小説、媒体は一切問わない。恋愛で揺れ動く乙女心が好きらしい。

だというのに、わたしの恋バナにこの塩対応はどういうことか。

「それとこれとはべつよ、べつ。物語の中の恋愛感情やシーンには美しさがあるけど、現実世界ではドロドロしすぎて無理」

「ドラマでもドロドロ展開あるじゃん」

「フィクションだから許せるの」

なるほど。わかるような、わからないような。

と思ったところで廊下が少し騒がしくなった。

一瞬も見逃さないように廊下に視線を向けて、彼がやってくるのを待つ。数十秒後、ひとりの男子生徒がやってきて、その姿だけでわたしの胸は甘く締めつけられた。

「お、睦月おっす」

「睦月くん、また昨日生徒会長が捜してたよー？」

「昨日貸した教科書、燿、持って帰ってねえか？」

「ねーねー、あたしも風紀部に入れてよー」

通りすがりの生徒が彼に話しかけるたびに、彼は「おっす」「今朝も逃げてきたとこ」「俺じゃねえよ」「風紀部はスカウト制だから悪いな」と気さくに返事をする。

漆黒の髪の毛はいつもサラサラで、それは歩くだけでカーテンのように軽やかに揺れる。切れ長の涼し気な目元は、笑うと狐みたいに細くなりちょっと子どもっぽくなる。

それを眺めているわたしをじっと見ていたかさねが、

「サヨの片想いの相手があいつじゃなければ、もう少し応援したかもしれないけど」

と言って小さな舌打ちをした。


そう、彼こそがわたしの想い人である睦月くん、睦月燿くんだ。

廊下をとおるだけでたくさんの人に声をかけられる彼は、いわゆる校内の人気者だ。

その理由のひとつめは、クールな印象を受ける目元、薄い唇、すっととおる鼻、それらのパーツがバランスよく配置された、整った顔立ちをしていること。

ふたつめは彼がそれなりに勉強もスポーツもできること。

そして最後のみっつめは――これが一番の理由だと思う――、彼の言動がとにかく目立つ、ということ。

そんな彼は、風紀部の部長を務めている。

わたしの通うこの学校には、委員会というものが存在しない。そのかわりに部活動が盛んだ。野球部やバスケ部、文芸部や吹奏楽部などといった定番の部活から、睦月くんの所属する風紀部、ほかに美化部や、放送部、ゲーム部やコスプレ部など。道具や活動場所の確保、部費の管理等が必要な部は、顧問の先生がいる。けれど、ほとんどの部は顧問がおらず、部費も出ないかわりに活動内容や最低部員数の決まりもない。比較的簡単に申請できるので、数えきれないほどの部活があるのだ。

それもこれも、この高校は〝生徒の自主性を育てる〟というのが教育方針だからと一年生のときの担任教師が言っていた。いちおう校則はあるものの、さほど厳しくないのもそのせいだろう。

なので、わたしたちが入学するまで、風紀部は存在しなかった。堅苦しいことを望む生徒はいなかったし、必要最低限の指導は生徒会が請け負っていたからだ。

だというのに、彼、睦月くんは、去年の一学期に突然、風紀部を作った。

普段の彼は至って普通の生徒だ。マイペースというか飄々《ひょうひょう》としているところはあるけれど、制服を過剰に着崩すことはないし、遅刻早退ばかりの不まじめな態度を見せることもない。

ただ、彼はときどき、誰もが驚くようなことをしでかした。

最初に騒がれたのは、ちょうど去年の今頃だった。二時間以上遅刻して学校にやってきた彼が、三匹の子猫を連れてきたのだ。どうやら家の近くにある公園に住み着いている野良猫が産んだらしい。しばらく見守っていたが、乳離れをしたと同時に母親がいなくなってしまったという。放っておけず、彼は子猫を保護し、学校に連れてくるために、普段は電車に乗るところを徒歩でやってきた。

猫をひと目見ようと彼のクラスに長い行列ができて授業どころではなくなったり、昼休みには一匹行方不明になり全校生徒で必死に捜索活動が行われたりした。三匹の猫は無事引き取り手が見つかったものの、あの日は校内のすべての人が彼に振り回されてしまった。

ほかには、去年の体育祭で盗撮をしていた不審者を見つけて競技に乱入し派手な追いかけっこを繰り広げたり、文化祭初日に幼なじみである現生徒会長の妹（小学二年生）を喜ばすためだけに自費で猫のきぐるみを制作しそれを着て校内を歩き回ったり、そのきぐるみ姿の睦月くんと写真を撮ろうとする子どもや生徒が彼を追いかけ回し校内はカオスになったり。

睦月くんが部活申請したのは、猫騒動のあと。どうしてそんな部を作ったのか、そもそも活動内容も不明だ。そして、入部希望者は山ほどいるのに、部員はいまだ睦月くんひとり。

風紀を取り締まるどころか風紀を乱すようなことしかしていない風紀部とはいったい

なんなのか。騒動の理由はいつだって子猫だったり女子生徒だったり友人の妹だったりと〝なにかのため〟ではあるのだけれど。でも、正義の味方、というわけでもない。つまり、風紀を取り締まることもなければ、校内の問題に関わることもない。

彼はただ、やりたいようにやっているだけ、だ。

——たぶん、なんとなくなのだろう、とわたしは思っている。

なんとなく放っておけないから、なんとなく気に入らないから、なんとなく楽しそうだから。そのためならば、他のことはすべて些細《ささい》なことになる。だから、まわりへの影響もまわりの目も評価も気にしないで、全力を注ぐ。その〝なんとなくスイッチ〟がオンになると、なにをしでかすか誰にも想像できない。本人もわかっていないはず。

だからこそ、彼は人を惹《ひ》きつける。

そのうちのひとりが、わたしだ。

はじめて言葉をかわしたあの日からずっと。

その想いは、日に日に膨れあがっている。

やっかいな、そしてなんの見込みもない相手だ。

彼は、同じクラスになったことのないわたしにも名前と言動が耳に届くくらいの、校内の有名人。かたやわたしはなんの特徴もない平凡な生徒。彼は理数科で東校舎、わたしは普通科で本校舎。同じクラスになる可能性はない。

話したことがあるとはいえ、たった一度だけだ。彼はわたしの顔も覚えていないだろう。名前なんか知るはずもない。

わたしは、人に囲まれながら歩いている睦月くんの姿を数メートル離れた教室の中からしか見ることができない。テレビで憧《あこが》れの俳優を眺めているファンと同じ。睦月くんの隣にいる女子がアイドルみたいにかわいい高峰《たかみね》さんだから余計にそう感じてしまう。

「あたしのブレスレット捜してくれたー？」

「なんで俺がそんなことしなきゃなんねーの」

ふたりは仲良さそうに話している。

C組の高峰さんは学年で一番人気の女子だ。艶《つや》やかで光り輝くほど美しい栗色のストレートヘアに大きな瞳《ひとみ》。ぷっくりとした唇は同性のわたしが見てもときめくほどだ。おまけに気取ったところがなく、社交的で、友人が多くいつもにこにこしている。

彼女も睦月くんに恋をするひとりであることは間違いない。というか周知の事実だ。誰が見たってそう思うくらい、高峰さんからは好き好きオーラがあふれている。

彼女も普通科なので、睦月くんと同じクラスになったことはないはずなのに、どうしてあんなに親しげに話せる関係なのだろう。

今はまだつき合っていないけれど、いつかそういう仲になるのではないかともっぱらの噂だ。高峰さんファンも睦月くんファンも、ヒヤヒヤしながら見守っている。

わたしはというと、羨《うらや》ましさのほうが勝る。

なんせわたしは、彼に認識もされていない存在だから。それに、今まで彼氏がいた経験もなければ、男友だちすらいないド素人だ。土俵が違いすぎる。

「サヨは男の趣味悪すぎる」

鼻を鳴らしてかさねが言った。

「そんなことないでしょ。睦月くん人気あるじゃない」

「全員男を見る目がないのよ。あんなの顔だけが取り柄の自己中男じゃない」

ひどい言いようだ。

「あんなやつを好きになる女子はみんな、将来絶対、変な宗教に騙《だま》されて壺《つぼ》とかを貯金おろして買うのよ。目立つ男子だからかっこよく見えてるだけ。小学生男子が走るの速いだけでモテるのと一緒。いや、一緒にしたら小学生男子に悪いか」

「かさねは本当に睦月くんのこと嫌いだよね。幼なじみでしょ？」

「やめてよ！　小学校から一緒なだけ！」

ぐわっと噛《か》みつきそうな勢いで否定された。

かさねは睦月くんのことになると、いつもゴキブリのことを話しているのではないかと思うほど拒否反応を示す。

かさねが人の恋愛に興味がないことは知っていたけれど、去年の夏休み明け、好きな人ができたんだ、相手は睦月くんなんだけどね、と報告した。わざわざ隠すようなことではないし、話を聞いてくれるかもしれない、と思ったからだ。

――『は？　睦月が好き？　は？　冗談でしょ？　ふざけてんの？』

打ち明けたときのかさねは、能面のような表情でわたしを見て言った。体中が凍えるほど寒くなったのを覚えている。外を歩けば汗が噴き出しそうなほど暑い真夏日だったというのに、わたしの体に流れたものは冷や汗だった。

そして。

――『睦月はね……私がこの世でもっとも嫌いな男なの！』

一時間以上「気の迷いだ」「目を覚まして」「どこがいいの」と睦月くんのことを忘れるように説得された。

かさねは睦月くんと小学校と中学校も同じだったらしい。といっても、数回同じクラスになっただけで、ふたりにはそれほど接点はなかったようだ。

……にしても。

「あんなカス野郎をなんでサヨみたいな子が好きになるの。納得できない！　許せない！　ほんっと最悪、ああああもう、名前を聞くのもいや！」

なにがあればこれほど嫌うことができるのだろうか。

いつものように頭を振り乱しながらいやすぎて悶《もだ》えるかさねは、どう見ても睦月くんとただの顔見知りには思えない。これを口にしたらかさねが烈火のごとく怒るので、当然口をつぐんでおく（経験済み）。

「サヨとあいつに接点はないはずなのに、なんだってそんなことになるのよ」

「それは何度も言ってるじゃない。去年の一学期に――」

「一言一句覚えてるからもう言わないで」

開きかけた口を手でおさえられてしまった。

「ったく、なんであんなやつが風紀部なんだよ」

背後からかさねと張り合うような悪態が聞こえてきて振り返ると、自分の席に向かう途中の山崎《やまざき》くんが立っていた。

ひょろりと細長い体の彼は、かさねに負けず劣らず制服をきっちりと着ている。ネクタイは首を絞めているのではないかと思うほどピシッとしていて、見ているだけで息苦しくなる。彼の声がやや高いのは、そのせいではないだろうか。違うか。

目が合うと「なんだよ」としかめっ面をされた。なんでそんな顔をされなくてはいけないのか。わたしは声が聞こえたほうを見ただけだ。

と思っても口にできないのがわたし。かわりに、かさねが鋭い視線を送りながら「独り言なら静かに言ってよね」と言ってくれた。そして、

「あんたはただ僻《ひが》んでるだけでしょ」

とつけ加える。

「僕がなんであんなだらしない男を僻まなくちゃいけないんだ。馬鹿馬鹿しい」

「注目あびてるのが気に入らないんじゃないの?」

「僕は睦月のいる風紀部の存在理由がわからないだけだ」

たしか彼は一年のころから生徒会に風紀部の廃部要請をしていると聞いたことがある。執念深い。ただ、生徒会長は睦月くんの知り合いなのでなかなか進まないようだ。

「実は学園のアイドル高峰涼花《すずか》に憧れてるからだったりして」

「くだらないことをしゃべってないで、机でも片付けたほうがいいんじゃないか？」

ふんっと鼻で笑った山崎くんが、侮蔑《ぶべつ》をこめた視線をわたしたちに向けた。

「いつも教科書を置きっぱなしにしているだろ。あと、そのジュースはそのままゴミ箱に入れると残りがこぼれて掃除が大変だから、一度ゆすいでから捨ててくれよ。それに、二時間目の数学の小テストがあるというのにそんな本を読んでいるきみは、さぞかし余裕があるんだろうな、尊敬するよ」

くどくどと注意がはじまり、かさねはしっしっと犬を追い払うような仕草をした。その態度に山崎くんは満足げな顔をして去っていく。

「山崎のおかげでテストのこと思いだしたのは感謝だけど、面倒な男だよね、本当に」

文庫本のかわりに数学の教科書を手にしたかさねは、彼の後ろ姿を睨《にら》みながらつぶやいた。わたしは「はは」と微妙な相槌《あいづち》を返す。

たしかに、同じクラスの山崎くんは少々面倒だ。

ぺっとりと貼りつくように整えられている黒髪に黒ブチ眼鏡をくいっと中指で持ちあげる仕草は、アニメやマンガで出てくるガリ勉キャラそのもので、睦月くんより風紀部の肩書きが似合う。が、彼は美化部副部長だ。そして、彼と一度でも会話をしたことがある人なら、なるほど美化部は天職だ！と思うだろう。

山崎くんは、掃除当番でもないのに毎日放課後の掃除に参加し、まるで意地悪な姑《しゅうとめ》のように隅々までチェックする。アルコール消毒液を常備していて、休み時間のたびにそれで机を拭《ふ》いている。おそらく彼は潔癖症なのだろう。噂によると、掃除が終わったあとも校内に居残り、汚れているところなどがないか見回っているらしい。

そんな彼は、思わず大きな声で独り言を口にしてしまうくらい、睦月くんのことを嫌っている。というか敵視している。

「山崎くんが睦月くんを嫌ってるのは、今までのこと根に持ってるからなのかなあ」

野良猫を連れ込んだせいで校舎が汚れたこととか、彼が外履きのまま校舎を走り回ったこととか。潔癖症にはたえられなかったのかもしれない。

もう廊下には睦月くんはいない。彼がいなくなると、人の塊もなくなる。

「さあ？　案外本当に高峰涼花のことが好きなのかもよ」

「そうなのかなあ」

潔癖で風紀部より風紀に厳しい山崎くんが、かわいいとはいえ高峰さんのような制服を着崩している子を好きになるのだろうか。ピアスの穴もたくさんあいているし、化粧もバッチリで長い爪はきれいなジェルネイルで彩られている。スカートも短く、リボンはほとんど首に引っかけているだけ。髪の毛もかなり明るめの栗色だ。ギャルとか不良とか、そういう感じはないけれど派手ではある。

「もしくは、サヨのことが好き、とか?」

にやりと口角を上げて、かさねがわたしを指さした。へ、と間抜けな声を発してから、思わずぶふっと噴き出す。

「そのほうがありえないし」

「わかんないよー。サヨがあいつのことを好きだから嫉妬《しっと》してるのかも」

「そんなわけないでしょ。山崎くんとはめったに話もしないのに」

どちらかというとかさねのほうが話(嫌みの言い合い)をしているだろう。あり得ない。苦笑して、ずっと手にしていたラブレターをカバンの中に入れた。

とりあえず、わたしがすべきことは、今日こそ睦月くんに告白することだ。

ただ、そこで問題がひとつ。

「いつ渡そうかな」

「今から教室に乗り込めば?」

そんなことができるならとっくに告白し終わっている。

これまでラブレターを渡せなかったのは、彼がいつも人に囲まれているからだ。そこに声をかける勇気はない。かといって靴箱に入れるというのも古典的すぎるし、セキュリティーが心配だ。誰かに見つかったら晒《さら》し者になってしまう。

「やっぱり放課後しかないよね」

「部室に行けばいるんじゃない? 部員ひとりだし」

それが一番確率が高い。なのになぜ、今までそれをしていないのかというと。

「でも、今日掃除当番だからなあ……それまでいてくれるかなあ」

と、言った瞬間、かさねの眉間《みけん》にシワがぎゅっとよった。

「はあ？　サヨ、今週当番じゃないでしょ。また誰かとかわってあげたわけ？」

「あー、あははは、まあ、あの、りっちゃんたちが今日合コンらしくて」

「サヨに関係ないじゃん。断りなよ。っていうかサヨ二年になってから、ずーっと誰かと掃除当番かわってあげてない？　なにしてんの。そんなに暇なの？」

ぐさぐさとかさねに胸をえぐられる。

かさねがわたしのためを想って言ってくれているのはわかっている。それに、かさねと一緒に帰る約束の日に、わたしが掃除を終えるまで待たせてしまったこともある。

「でも、せいぜい二十分程度のことだし」

「せいぜい二十分なら本人にやらせなよ。サヨが引き受けるから調子に乗るんだよ」

ごもっともである。

「お人好《ひとよ》しも度を越えると自分のためにも相手のためにもなんないよ」

「……うん」

わたしの、悪いくせなのだろう。とにかく、頼まれると断れない。

共働きの両親にくわえ、五人兄弟の真ん中だからなのか、それとも性分なのか、昔から両親兄弟はもちろん、友だちにも頼み事をされることが多かった。そして、わたしはそれを、大抵引き受けてしまう。そのせいでいやなことも悲しいことも経験してきたのに、断ることができないのだ。ただ、高校に入って、以前に比べたらマシになったと思う。かさねに言わせれば「どこが」というレベルらしいけれど。

睦月くんなら、わたしのようなことはしないのだろう。

だって彼はすべての行動を、誰かのためでありながらも自分のためだと自信を持っている人だから。

——『俺は、俺のために生きてるからな』

——『あんたは？』

彼のように振る舞えたらどんな気持ちだろう。そうなりたい、とまでは言わないけれど、なれないからこそわたしは彼に憧《あこが》れる。

だから、わたしは告白がしたい。

彼とつき合えると期待しているわけではない。ふられることは百も承知だ。わたしはただ、彼の視界に、彼の世界に、少しでも痕跡《こんせき》を残したいだけ。そして、自分のために生きたと自信を持てるようななにかを、自分に刻みたい。

「とりあえずサヨはさっさと告白してふられなよ」

「縁起でもないこと言わないで！」

ふられるのはわかってるけど！

わかってるからこそ、その覚悟ができないだけなんだけど！

だからこそ何度もラブレターを用意しては、無駄にしているのだけれど！

「ねえ、昨日から私のシャーペン見当たらないんだけど、サヨ知らない？」

すっかり恋バナに興味をなくしたかさねに、「知らない」と力なく答えた。

◇◇

そして今に至る。

「ここなら落ち着いて話せるだろ。俺が」

そう言って睦月くんは、とある教室のドアをあけてわたしを中に招いた。

教室で言葉をかわしてから「まあゆっくり話を聞いてやるよ」と睦月くんに連れられてわざわざ靴箱で外靴に履き替えここに来た。

わたしたちの過ごす本校舎と東校舎はすべての階に渡り廊下があり、行き来ができるけれど、ここはグラウンドと校舎のあいだにある旧校舎で、部室ばかりが集まっていることから部室棟と呼ばれている。

その部室棟三階の一番奥のこの部屋が風紀部の部室らしい。中は八畳ほどの部屋で、部員ひとりにはやや広すぎる気がした。中央に長机がふたつ向かい合わせで並べられ、パイプイスが四脚。奥の窓際には先生たちが職員室で使うようなデスクがあった。片方の壁際には腰くらいの高さの棚がふたつ。もう片方の壁には小さな棚がひとつ。そこには電気ケトルと少しの食器が並んでいる。小さな冷蔵庫にエアコンも完備されていて、なかなか快適そうだ。

ただ、今はエアコンの電源は入れられておらず、窓もあけられていない。おまけにわたしは変な汗が噴き出している状態で、五月だというのにめちゃくちゃ暑い。

「で」

パイプイスに腰掛け、頬杖《ほおづえ》をついた彼がわたしを見た。肘《ひじ》までめくりあげられたシャツから見える右腕の大きな火傷痕《やけどあと》は、目立つほどではないけれど、肌がところどころ突っ張っていてよく見ると痛そうだった。もちろん、もう痛みはないのだろうけれど。

「なにを捜してんだ」

睦月くんが訊《たず》ねる。

「えーあーまあ、その、小さなものでして」

「だからそれがなんなんだよ。わかんねえと一緒に捜せねえだろ」

いや、だからそんなことしなくていいって何度言えばいいのか。

部屋に入ってからそんなやりとりをかれこれ二十分は続けた。

彼と話ができるのは正直うれしい。このチャンスを逃せばこの先、一生縁がないかもしれない。そんな誘惑に負けて、面と向かって話をすれば彼も「じゃあいいのか」と興味をなくすかもしれないという言い訳とともにここに来たのが間違いだった。

今ここにラブレターがあれば、願ったり叶《かな》ったりの状況だったのに！

「ほら、早く言えよ。もったいぶってるとめちゃくちゃ期待するけど」

どんな期待をされるのか。なぜ諦《あきら》めてくれないのか。

こんなことになるならあのまま逃げ帰ればよかった！　後悔先に立たず。覆水盆に返らず。わたしのこの恋心が憎い！

「そろそろしゃべらねえと、今日見つけられねえかもしれねえぞ」

壁にかけられている時計を一瞥《いちべつ》して睦月くんが言った。

たしかにもう五時半をすぎている。窓の外はゆっくりと空の色がかわりはじめているような気がした。

さっさと解放してくれればひとりで捜しに行けるのだけれど、彼はまったく引きそうにない。時間が無駄にすぎていくだけだ。わたしとしても、この件を明日に持ち越すのは絶対いやだ。でなければ明日の朝、公開処刑されている可能性がある。そんな不安を抱いて眠れるわけがない。

「えーっと……」

どうしようかと頭をフル回転させる。

ラブレターだとは口が裂けても言えない。

いや、待てよ。正直に話をして、この際一気にここで告白するという手もある。べつにラブレターがなければできないわけじゃないし。

って、そんな度胸があれば今までに少なくとも八十一回は告白できてるし！

思わず自分に突っ込む。そもそも、告白しようとしまいと、あのラブレターが紛失したままではまずいので、どうにかするしかない。

幸いなことにラブレターの封筒には宛名《あてな》も差出人も書いていなかった。

「おじいちゃんの、手紙なの」

ぎゅっと手に力をこめて言った。

口の中に嘘の味が広がる。なんとも言えない苦い味。

「おじいちゃんがわたしの高校受験の前にくれた手紙で、わたしのお守りなの。それを毎日持ち歩いていたんだけど……」

ここは嘘と真実をまぜて伝えるしかない。そして、もし見つかったときに中身を確認できない状況にしておかなければ。おじいちゃんからの手紙であれば、そう簡単にあけたりはしないだろう。

ごめんね、おじいちゃん。

実際、高校受験の前にもらったのは、若かりしころに取れたおじいちゃんの銀歯だ。気持ちはありがたいが持ち歩くのに抵抗があったので、祖父母の家にこっそり返した。八十近くの祖父母が健康でいられるのは、あの銀歯のおかげに違いない。

「そりゃ一大事だな」

　ふむ、と睦月くんが顎《あご》に手をあてて頷《うなず》いた。

　信じてもらえたらしく、ほっと胸をなでおろす。

「今日の行動は？　どこかで落とした可能性もあるよな？」

　なにやら一緒に捜す決意は揺らがないようで、真剣な表情で訊《き》かれた。彼の〝なんとなくスイッチ〟は、オンになったままらしい。

　うう、早く帰りたいよう。

「ないとは言い切れないけど……カバンの中だったし、移動教室があっても持ち歩くようなことはしないから可能性は低い、と思う」

　ノートの出し入れのときに落としたとしても、床に落ちていたらわたしはすぐに気づく自信がある。なんせ愛情をこめたラブレターだ。

　カバンを持ち歩いたのはついさっき、風紀部の部室に向かうまでの数分だけ。もちろん、途中であけていない。

　朝学校について、かさねに見せて、そしてちゃんと中に戻した。

　そして、放課後にそれが、消えた。

「ノートかなんかのあいだに挟まってんじゃねえの？」

「うーん、それはないかと。ちゃんとカバンの内ポケットに入れていたし」

「……内ポケットか。だったら落ちることはないか」

　睦月くんは「そうか」と言って背もたれに体重をかけた。きいっとパイプイスの軋《きし》む音が部屋の中に響く。天井を見上げてなにかを考えているのか、睦月くんはしばらくのあいだ口をつぐんで黙っていた。カチ、コチ、と時計の秒針が一定のリズムを刻む。と、思ったら突然すっくと立ち上がった。

「んじゃ、風紀を乱す窃盗犯を捜すとするか」

睦月くんは、にっこりと微笑んでわたしを見下ろす。それはそれは極上の笑みで、こんなふうにわたしを見て笑ってくれるなんて、と思わず感動してしまった。

っていうか窃盗犯って？

ぽかんとしていると、「ほら行くぞ」と睦月くんがドアをあけて振り返った。鍵《かぎ》は閉められるからカバンを置いておくようにと言われたので、そのとおりにする。

「え、えっと、どういうこと？」

少し前を歩く睦月くんに声をかける。

「まるで、誰かがわたしの手紙を盗んだみたい……な」

窃盗犯、と彼はたしかにそう言った。

「最近、物がよくなくなるって、知ってるか？」

ふるふると首を横に振ると、睦月くんが「まあそんなに大ごとじゃないから知らないやつは多いだろうな」と答える。

「ネックレス、万年筆、ブレスレット、ヘアピン、ハンドクリーム、とかいろいろ」

指を折りながら言われて、小首をかしげる。

「最近聞いた、なくなったもの。ほかにもあったんだけど、それは職員室前の落とし物展示場所に並んでたみたいだから、排除した」

「でも窃盗って普通、こう言っちゃなんだけど金目のものを盗むんじゃないの？」

特にハンドクリームとか、なんのために盗むのか。目的がわからない。それに、もしそれが誰かの仕業だとしても、その犯人がわたしのラブレターを盗むだろうか。

……わたしの件は関係ないよね、絶対。

睦月くんはわたしにとって大事なものだと思ってくれているので（大事なのはたしかではある）、同じ事件として考えているのかもしれないけれど。

どこかの部屋の中から、部活動をしているのか小さな声が聞こえてきた。グラウンドからはかけ声が聞こえてくる。

部室棟の階段を下りると、中庭の緑が風に揺られているのが見えた。そして、靴箱に向かう。靴を履き替えるということは、もう一度校舎に入るのだろう。

「っていうか、ひとつ訊いていいか？」

「は、はい？」

このタイミングでいったいなにを訊かれるのか。もしかしてわたしの嘘がバレているのではないか、と思わず大きな声で返事をしてしまった。

「なんであの時間に教室にひとりだったわけ？」

「え？　あ、ああ、掃除をしていたので」

「にしては遅いだろ。もう誰も残ってなかったじゃん」

あのとき、すでに五時をすぎていて、教室には誰もいなかった。授業が終わってから一時間半ほどもたっていたので当然だろう。本校舎は調理部や声楽部などが使用する特別教室がないので、人の気配はほとんどなかったと思う。

「掃除を終えて、ゴミを捨てに行って、戻ってきたら今日日直だった子に日誌を書いてほしいって言われて、そのままわたしが職員室に届けて、そのときに先生にコピーを頼まれて……」

「うわ、だっる。なにそれ」

睦月くんが苦い顔をする。

「頼まれやすいタイプみたいで……」

「いいように使われてるだけじゃねえの？」

ぐさっと胸をえぐられる。かさねにも散々言われているけれど、ほぼ初対面の、おまけに片想いの相手に言われるとショックも数倍だ。

「こ、これでもマシになったんだけど」

実はそのあとにも一緒にファイルを綴《と》じないかと先生に言われたけれど、断ったのだ。今までのわたしからしたらかなりの進歩である。断るときに胃がキリキリしたくらい勇気を振り絞った。

「へえ……」

睦月くんはなんとも言えない顔をして、凪《なぎ》のような返事をする。

無反応より悲しくなるんですけど。

授業が終わってすぐに帰れることは、一週間に一回あるかないかしかない。それでも、ほぼ毎日下校時刻ギリギリまで頼まれ事をしていた中学時代に比べたら、ものすごい変化なのだ。用事があるときじゃないとやっぱり断るのは難しくて、今もたまに日が沈むまで学校に残ることはあるけれど。

そのくらい、今日は睦月くんに告白しようというかたい決心があった。

無理だったけど！

でも、そのおかげで今のわたしは、こうして睦月くんと並んで歩いている。数時間前までなんの接点もない、他人だったというのに。

ふと隣を見て、しみじみと不思議を味わう。

ああ、なんでこんな日にラブレターをなくしてしまうのか。

憎い！　わたしの運のなさが憎い！　この現状だから会話ができていることを考えても、ラブレターがないことのダメージが大きすぎる。

「あんた、お人好《ひとよ》しだな。それもずば抜けた」

階段にさしかかり、睦月くんが笑いを含んだ明るい声で言った。馬鹿にされていることを実感しながら「……褒め言葉として受け取っておきます」と答える。と、

「褒め言葉だけど？」

数段上にいる睦月くんが、目を細めてわたしを見下ろす。彼の背中にある窓から、もうすぐ夕日になるであろう太陽の光が差し込んで、彼を輝かせた。

今この瞬間の彼を見ているのは、わたしだけ。

胸が、ふいに高鳴る。

――けれど。

にっこにっことご機嫌な表情をしている理由がわからず、眉根《まゆね》を寄せてしまった。今まで遠目からでも一度も見たことのない、子どものような笑みだ。こんなふうに幼く笑う彼を、わたしは知らない。

知らないのに、いやな予感が胸をよぎる。

屋内なのに、どこかから舞い込んできたらしい風が、わたしたちのあいだを通り抜ける。胸キュンしてもおかしくなさそうなシチュエーションだな、とよくわからないことを考えて不安から思考をそらした。

考えちゃいけない、とわたしの中で誰かが警報を鳴らしている。

今はラブレターのことを考えなければ。

気持ちを切り替えると同時に、睦月くんの右手がわたしの行く手を阻んだ。「え」と顔をあげると、唇に人差し指をあてた睦月くんが声を出さないようにと無言で伝える。意味がわからないけれど、言われたとおりに口を結んだ。足音を鳴らさないようにそっと足を踏み出して前に進む彼のあとを、同じようにゆっくりと追いかける。

ここは、わたしたちの教室がある本校舎の四階だ。そして、わたしの前を歩く睦月くんがC組の前で足をとめた。

ドアに耳をあてて中の様子を探ったあと、彼はわたしを振り返った。

ここにいて、とわたしと地面を順番に指す。頷《うなず》くと、彼はクラスの前方にあるもうひとつのドアに腰を落としながらゆっくりと近づいていく。窓ガラスにシルエットが浮かばないようにだろう。ということは、中に誰かがいる、ということだろうか。

そう思って耳に意識を集中させると、教室からガタガタ、と誰かが机を動かしているのが聞こえてきた。

睦月くんが言ったように、ほんとに窃盗犯がいたってこと？

いや、いやいや、まだそうと決まったわけではない。

でも、こんな時間にひとりで教室の中にいるだなんて、怪しさ満点だ。

やばい、緊張してきた。心臓がばくばくする。

離れた場所にいる睦月くんが、わたしを見てこくこくと頷き、一斉に中に入ることをジェスチャーで伝えてきた。そう解釈してこくりと首を縦に振る。
3、2――。
睦月くんが指を折っていく。

心拍数が跳ね上がっていくのを感じつつ、ドアに手をかけた。

そのとき、ポケットのスマホが小さく震える。

「おい！」

意識がスマホに奪われた瞬間、睦月くんの声が聞こえた。あわててドアをあけると、中にいた誰かがこちらに向かって飛び出してくる。

「っわ！」

どん、とぶつかりバランスを崩す。そんなわたしを気にもとめずに廊下を走っていったのは、男子生徒だった。視界のすみに、眼鏡のレンズが光ったのがわかった。

「逃がすな！」

「あ、は、はい！」

あわあわしているわたしを叱咤《しった》するように、睦月くんが叫ぶ。その声に押されるように駆け出した。

あの後ろ姿……どこか見覚えがあるような。

まるで木の棒が走っているみたいにひょろひょろの体は、どこかバランスが悪い。運動は得意ではなさそうだ。

右手の階段に吸い込まれるようにして彼の姿が消えた。どうにか追いつかないと、と必死で床を蹴《け》り続ける。けれど、このままでは追いつけないかもしれない。自慢ではないがわたしは走るのも速くはないし、持久力もそれほどない。

わたしのせいで犯人を逃してしまうことになる。

最悪だ。足手まといになってしまった。

なんとかしなくちゃ――と歯を食いしばったとき。きゅきゅっと上履きが廊下にこすれる音が聞こえてくる。振り返ると、その音の主がわたしの目の前を横切った。

そして、まるで鳥のように、飛んだ。

睦月くんが、階段を一気に飛び抜けて踊り場に着地する。そしてすぐに方向転換して、今度は手すりを乗り越えて飛び降りる。

風をまとったようなその姿に、目を奪われて足がとまる。

彼の残り香が、わたしの鼻孔をくすぐる。

なんのにおいなのか。言語化できないそれに、鼻先がひくついた。

あぶないとか、こわいとか、そんな感情はまったくわいてこず、ただ、きれいだなと思った。なににも縛られない、自由な、野生動物のようなしなやかな動きは、とにかく美しかった。

「わあ！」

「ほら、おとなしくしろって」

下から聞こえてきた声で我に返り階段を下りると、二階と三階の踊り場で睦月くんが男子生徒を壁に押さえつけていた。腕を背中にまわして、まるで刑事ドラマの犯人逮捕の瞬間を見ているようだ。

「は、放せ！」

いったい誰なのかとそっと近づく。

壁に頬をつけて叫ぶ男子生徒は、眼鏡を歪《ゆが》ませて「なんなんだお前は！」と睦月くんを睨《にら》みつけた。

「……や、山崎くん？」

声に出すと、彼は「朝桐？　な、なんで」と動揺をあらわにした。

なんで、と言いたいのはわたしのほうだ。

あの山崎くんが窃盗犯って、なんで！

睦月くんに身柄を確保された山崎くんは、顔をしかめてC組の教室のイスに座っている。まるで尋問のように彼の前にわたしと睦月くんが立っている状態だ。

「なんなんだ、いったい！　僕はただ掃除の見回りをしていただけだ！」

そうとうご立腹なのか、珍しくポケットに手を入れて山崎くんが叫ぶ。

そういえば、彼は放課後校内を見回っていると噂で聞いたことがある。ならば、彼がこんな時間に、自分とはなんの関係もないC組でゴソゴソなにかをしていてもおかしくはない。ましてやわたしのラブレターなんてものにはまったく興味がなさそうだ。

「そんなこと知ってるし」

と睦月くんが近くのイスを引き寄せて腰をおろしながら言った。

話の終着点が予想できず、とりあえずさっき震えたスマホをポケットから取り出す。

SNSでメッセージが一件。送り主はかさねだ。

【数学の課題は順調？】

今日の小テストで、百点満点中三十点以下の生徒に出された課題だ。二十七点だったわたしも対象者である。忘れていたことを思いだし、気分が沈んだ。

ラブレターはなくなるわ、特別課題はあるわ。おまけになんかよくわからないことに巻き込まれているわ。

今日帰ったらすぐに課題をしなければ。明日の朝には提出しなくてはいけない。数学が得意なかさねにノートを借りたけれど、そう簡単に問題を解くことはできないだろう。中間テストで勉強したばかりなのに公式はすべて闇に葬られている。

【まだ学校】

【なにしてんの。またあれこれ頼まれたわけ？】

【まあ、そんなところ。ラブレターもなくなったし最悪】

睦月くんと山崎くんは「で、なにしてたの」「なにもしていない」「本当は？」「だからあ！」というやりとりを続けている。わたしがスマホを操作していることに気づいてもいないようだ。

既読マークがつくも、かさねの返事に間があいた。そして、

【あんなラブレターどうでもよくない？　忘れちゃえばー？】

という内容と、よくわからない生き物が寝そべってくつろいでいるスタンプが届く。

【どうでもよくないし！　徹夜して書いた過去最高傑作だし！】

たった二行だけど。

【それにわたしの名前も睦月くんの名前も入ってるんだよ？】

【誰かが親切心で盗んだのかもよ。あんな男に告白すべきじゃないって】

【そんなこと思うのかさねだけだし】

返事に対して、ケラケラと涙を流しながら笑っているスタンプが返ってきた。

ひどい。

がっくりと肩を落としてスマホをポケットの中に戻す。

目の前のふたりは今も同じ会話を続けていた。

「だーかーら、僕はなにもしていない！」

「嘘つくなよ」

しびれを切らしたのか、山崎くんはいらだったように声を荒らげる。けれど睦月くんはまったく信用していない。いつまでこのやりとりを続けるつもりなのだろうか。時刻はすでに六時に近づいている。自分のラブレターを捜さなければならないし、帰って課題もしなくちゃいけないことを考えると、そろそろ終わらせなければ。

「あの、本当にたまたま、なんじゃない？」

おずおずとふたりのあいだに口を挟んだ。

「山崎くん、すごく真面目だし……人のものを盗むような人じゃないと思うんだけど。

あ、わたし同じクラスだし」

ほらみろ！　と山崎くんがふんぞり返った。

そういう態度を見せられると、なんだか癪《しゃく》だ。

「だから睦月はいやなんだ、思い込みで人を巻き込んで、強引で。なんでお前みたいな男が……！」

「じゃあ、身体検査していい？」

にっこり微笑んで睦月くんが言うと、山崎くんはわかりやすく体をビクつかせた。その一瞬の反応だけで、彼への印象が百八十度かわる。

やっぱり、彼が？

信じられない気持ちと、それでも疑わざるを得ない状況に言葉が出なくなる。勝手に裏切られたような気分にまでなってしまった。

「山崎、ずっとポケットに手を入れてるだろ。あの山崎が。おかしいだろ」

言われてみると、たしかにおかしい。

身だしなみに人一倍口うるさい山崎くんだ。現に、わたしは彼が用もなくポケットに手を入れているところを一度も見たことがない。

「その中に、いろいろ、たとえば封筒とかが、入ってるんじゃねえの？」

まさか、と思って山崎くんに視線を向けると、彼は唇をぎゅっと嚙《か》み締めて目を伏せていた。

え、ほ、ほんとに？

なんで？　なんのために？

「ほら、中身を出したら？　やましいことがないならできるだろ」

睦月くんにはすべてがお見通しなのだろうか。山崎くんが頑《かたく》なにポケットに入れ続けるその手に、自分の手を伸ばす。

「う、うるさい！」

睦月くんの手から逃げるように、山崎くんがイスをひっくり返す勢いで立ち上がった。そのまま壁際に後ずさり、唇に歯を立てて睦月くんを睨《ね》めつける。眼鏡の奥にある彼の目には、憎しみが宿っているように見えた。

「お前の、睦月のそういうところが僕は嫌いなんだ！」

「なんでここで俺の名前が出てくるわけ？　関係ねーじゃん」

「あるんだよ！」

悔しそうに肩に力を入れて、彼が床を見つめる。

「いつだってお前はそうだ。普段は適当に過ごしているような態度を見せときながら、ときおり人を巻き込むほどの勢いでめちゃくちゃなことをする。その尻拭《しりぬぐ》いを誰かがしていることに気づきもしないで」

気づいてるけどなあ、という顔をする睦月くんに、気づいているのも問題なのではないかと思わず突っ込みかけた。たぶん火に油を注ぐことになるので呑《の》み込む。

「なのに、まわりはいつもお前を褒めるんだ。よくやった、えらいすごいって。その裏で巻き添えを食らっている僕らを無視して。なんなんだよお前は！」

もともと山崎くんは睦月くんのことを嫌っていた。けれど、今にも泣きだしそうなほど体を震わせている彼を見ていると、そうとう悔しい思いをしていたのではないかと思った。ただ、気に入らないとか、嫉妬《しっと》しているとか、そんな簡単な言葉で言い表せないほどのなにかを、睦月くんに抱いていたようだ。

口を挟めず、黙って耳を傾けることしかできない。

なんて声をかければいいのか、わたしにはわからない。

不満を捲《まく》したてたあと、はあーっと息を吐き出した山崎くんは、顔を覆い眼鏡を外す。もしかして泣いているのでは、と思った。

けれど。

山崎くんの顔に、思わず息がとまってしまった。

眼鏡を外せばイケメンでした——なんてことが現実に起こるなんて。

長い睫毛《まつげ》に、ちょっと茶色がかった瞳《ひとみ》。彫りが深く、かなり端整な顔立ちをしていることに今はじめて気がついた。度の強い眼鏡越しでは、彼の目がこんなにきれいだなんて気づかなかった。ぺったり貼りついていた髪の毛が乱れているのもポイント高めだ。

おまけにちょっと憂いのある表情もいい。

睦月くんとタイプは違うけれど、イケメンには違いない。コンタクトにすればけっこう人気が出るだろう。

「なあ！」

突然、山崎くんが顔をあげてわたしを見た。「は、はい！」と彼の勢いにつられて元気に返事をする。

「睦月のなにがいいんだ！」

「え」

ぐわっとわたしに襲いかかりそうな勢いで山崎くんが叫んだ。怒りの込められた大声に思わず体を震わせると、睦月くんが立ち上がり、わたしと山崎くんのあいだに入る。

目の前に、彼の背中がある。

もしかして、わたしを守ろうと、してくれている？

さりげない彼の行動に、心臓がきゅうっと音を鳴らした。

ああ、やっぱりこの人は——。

「落ち着けよ。なんで俺の名前が出るんだよ」

そーだそーだ、と睦月くんの背後から応戦する。心の中でだけ。そんなわたしのチキンさを察したのか、山崎くんはわたしを睨《にら》みつけた。

「なんで睦月がいいんだ。睦月のどこに惹《ひ》かれるんだ！　なんでこんなやつのことを好きになるんだ！」

「いや、え、ちょ、は？」

なにを暴露してるんですか！

っていうかなぜわたしの気持ちを知っているんだ！

思考回路がショートして、頭から煙が出てきそうだ。発する言葉は単語にならず、わたわたと挙動不審な動きを繰り返してしまう。

「なんでなんだよ！　なんで睦月なんだ！」

ちょっと黙って！　お願いだから！

まるで噛みつくような勢いでわたしを問い詰める山崎くんに、どうどう、と言いながら手を広げてみせる。

睦月くんの顔を見ることができない。彼はどんな表情でわたしと山崎くんのこのやりとりを聞いているのだろう。こんなふうにわたしの気持ちが彼に伝わるとか、最悪すぎる！　こんなことならラブレターがなくなったことなんて気にせず、自分の口でさっさと伝えればよかった！

「ちょ、その、な、なんでってわたしが訊《き》きたいんだけど……なんなの急に」

どうにかごまかせないかと、しどろもどろに言った。いまさら無理かもしれないけれど。ついでに山崎くんが一秒でも早く落ち着いてくれないかと願いながら。

その願いが届いたのか、山崎くんはふっと体から力を抜いた。

「今朝、見たから。いや、今朝だけじゃない、毎朝だ」

自爆。

まさか毎朝かさねに告白の決意をしているところを見られていたなんて。

「だから、つい……」

つい、わたしのラブレターを盗んだってこと？

――『サヨがあいつのことを好きだから嫉妬してるのかも』

かさねが言っていたことを思いだす。

そんなわけないでしょ、と一蹴《いっしゅう》したけれど、かさねの勘はあたっていたということか。

睦月くんにわたしの気持ちをバラされ、おまけに思いがけない人からの好意を知って、もう頭の中がしっちゃかめっちゃかだ。なにをどう受け止めればいいのかわからない。

「えっと、その……」

がっくりと肩を落として項垂《うなだ》れる山崎くんに、胸がちくちくと痛み、おずおずと声をかける。そして深呼吸をして気持ちを落ち着かせた。

とりあえず今は目の前にいる彼に向き合うべきだろう。

勝手に私物を漁《あさ》られ、抜き取られたのは許せることではない。

でも、それほどまでにわたしのことを気にかけていただなんて。

わたしは今まで彼にどんな態度をしていただろう。もしかしたら傷つけたこともあるのかもしれない。そう思うと申し訳なく思えてくる。

イケメンに好意を寄せてもらえるなんてことは、わたしの人生一度もなかった。こんな幸運、この先二度とないだろう。けれど、はっきりと、自分の気持ちを伝えることが、わたしが彼に見せることのできる誠意だ。

「き、気持ちはうれしいけど、その」

やっぱりわたしは睦月くんのことが——と、続けようとすると、

「なんで僕の気持ちを朝桐がうれしがるんだよ」

と言って睨まれた。

「ん？」

え、なんでそんな地球外生物を蔑《さげす》むような目を向けられているんですか。

「えーっと、え？　えっと、山崎くんがわたしの手紙を盗んだ、んだよね？」

そういう意味だと解釈しましたけれど。

おそるおそる確認すると、山崎くんは瞬時に顔を歪《ゆが》ませた。

「なんで僕が朝桐の手紙なんかを盗《と》らなきゃいけないんだ。知らないよそんなもの」

「え？　だ、だってさっき」

「なにを勘違いしているのかわからないけど、ちょっと自意識過剰がすぎるんじゃないか。もしかして僕が朝桐のことを好きだとでも？　冗談じゃない」

ひどい言いようだ。

「僕が好きなのは、高峰さんのことだよ！」

そっちか！

学園アイドルと自分を間違えるとか。

なんなのこの羞恥《しゅうち》プレイ！　今すぐ穴を掘って埋まりたい。

顔から湯沸かし器みたいにぷしゅーっと湯気が噴き出したのがわかった。赤面どころではない色にわたしの顔は染まっているだろう。いろいろまじって死相が出ているかもしれない。恥ずか死ぬ。むしろそうしたい。

両手で顔を覆いながらへろへろと床に座り込んだ。

っていうかそりゃそうですよね。わたしを好きとかありえませんよね。

いや、でもじゃあ最初っから高峰さんの名前を出してよ！　誰だって勘違いするし！　なんでわたしに睦月くんを好きな理由を訊くんだ。〝女子は〟なんで睦月なんかを、という意味だったのならちゃんと言ってほしかった！

山崎くんによる嫌がらせなのではないかと思えてくる。

泣きたくなってきた。

しかもこれ、もう睦月くんにわたしの気持ちもバレているのでは。

今すぐ布団に潜りたくなってきた。

「で、高峰の私物を盗んだってことか」

「盗んだわけじゃない！」

体中から力が抜けてアメーバ状態のわたしを無視し、睦月くんと山崎くんは話を続けた。気にもとめられないっていうのもどうなの。わたしの存在ってその程度のものなのだろうか。なんだか生き続ける自信が失われていく。

窓の外の夕焼けまじりの空を見て、自分のちっぽけさを思い知る。

このまま悟りをひらけるかもしれない。

脱力しながらふたりに視線を向けると、机の上にはブレスレットとハンドクリーム、消しゴム、ヘアピン、ハンカチ、そして万年筆にピンクの封筒が並べられていた。どうやら山崎くんがポケットから出したらしい。こんなに高峰さんの私物を持っていて、盗んだわけじゃないと言うのはさすがに無理があるのでは。

完全にストーカーじゃないか。やばい人だ。

「ぜ、全部が高峰さんのじゃない！　今日の落とし物だ！　落とし物展示場所に並べておくものだ！」

放課後教室の見回りをして、落とし物を届けていたらしい。そんなことせずに教室のすみにでもまとめておけばいいものを。おそらく、ちゃんと片付けをしないから面倒なことになる、と伝えるためなのだろう。回りくどくて嫌みな山崎くんらしい。

「でも、高峰のもあるんだろ？　しかも、それは昨日今日のものじゃない」

睦月くんは机の上に手を伸ばし、並んでいるものをふたつのグループに分けた。ブレスレットとハンドクリームと封筒、そしてその他。おそらく前者が高峰さんのものなのだろう。山崎くんは苦い顔をして目をそらした。

「一週間以上前からブレスレットが見当たらないって高峰から言われていたんだよ。ハンドクリームは三日前くらいか。この封筒は今日だろうな。ライブのチケットが入ってるんだってよ」

カバンに入れるとなくしそうだから、と机に入れておいたらしい。

これだけかどうかはわからないけど、と睦月くんは呆《あき》れたように言って、ブレスレットをつまんでくるくると指先でまわす。

「でもまさか、学生の鑑《かがみ》みたいな山崎が、こんなストーカー行為をしてるとはなあ。人は見かけによらないもんだな」

「す、ストーカーって」

「ストーカーだろ？　好きな女の私物を盗んで、一週間も肌身離さず持っているなんて。使いかけのハンドクリームまで。リップとか化粧品も盗んでんじゃねえの？」

睦月くんはわざとらしく肩をすくめた。

山崎くんの隣に立って、肩にぽんっと手をのせる。と、山崎くんはびくんと弾《はじ》かれたように体を震わせて俯《うつむ》く。

「ち、違う」

そして、小さな声で否定する。

「……高峰さんと、話がしたかっただけなんだ」

ズボンをぎゅっと握りしめて、山崎くんは声を絞り出した。

山崎くんの想い人がわたしでなかったのは考えてみればそうだろうな、と思うものの、本当の相手が高峰さん、というのも意外だ。なんせふたりは真逆のタイプだし、接点もあるように見えなかった。むしろ山崎くんは高峰さんのような華やかな女子のことはあまり好きじゃないようなイメージだ。

けれど、山崎くんは一度だけ彼女と話をしたことがあるらしい。

「通りすがりに、彼女のカバンについていたキーホルダーが落ちたんだ。アニメのキャラかなにかの、大きなマスコットで」

それを拾って、彼女に渡した。本当はカバンにこんなものをつけるのはみっともないと小言も言うつもりだったらしい。

けれど。

「ありがとーって、高峰さんは笑ったんだ」

その説明だけで、その笑顔がとてつもなくかわいかったのだろうとわかった。

いつもむすっとしている山崎くんの頬が、かすかに緩んでいて、ほんのりと紅潮している。それを隠すように眼鏡を中指でくいっと持ちあげて目を伏せた。

「僕が、人に好かれるような見た目でも性格でもないことは自覚してる。だから、まさかあんなふうに笑いかけてもらえるなんて、しかも高峰さんのようなかわいい、スクールカースト上位の女子に、普通に接してもらえるなんて、思ってもなかったんだ」

山崎くんの気持ちに、わたしの恋心が共感する。

わかる。とてもよくわかる。

相手にしたら些細《ささい》なことで、記憶にも残らない一瞬の出来事かもしれない。けれど、それが一生の宝物になったりするんだ。相手は忘れていてもいい。自分のことを覚えていなくてもいい。ただ、その思い出だけで幸せな気持ちに浸ることができる。

けれど、それは長続きしない。

「もう一度、笑ってほしかったんだ」

恋心が大きくなるに連れて、欲張りになってしまう。

わたしが、睦月くんの視界にもう一度入りたいと、そのために告白をしようと思うのと同じだ。

西日がわたしたちのいる教室に差し込んできて、目が痛んだ。

霞《かす》む視界の先にいる山崎くんは、儚《はかな》げに映る。

「どんな理由であれ、窃盗は窃盗で、風紀部としては看過できないな。高峰にも伝えなきゃいけねえだろうなあ」

「本当に盗むつもりはなかったんだ！　ちゃんと返すつもりだった！」

必死の形相で山崎くんが睦月くんの腕を取った。

高峰さんに伝わってしまえば、この先、彼女は山崎くんに笑いかけたりはしなくなるだろう。

「そんなこと言われても。現に返してねえし、高峰は困ってるわけだし」

真剣な表情で話す睦月くんは、けっして山崎くんを許さない、そんな空気を漂わせていた。こんなにも正義感にあふれる人だったのかと思いながらも、なんとなく違和感を覚える。

今までの振る舞いと、なんだか噛《か》み合わない。

けれど、これが彼なのかもしれない。いつだって誰かのために、なにかのために全力を尽くす人だ。結果、まわりを巻き込むことになるのも、だからこそなのだろう。

たとえ山崎くんが謝罪しても後悔をしていても、覆らないかもしれない。だって、彼の目的は山崎くんの気持ちをかえることではないから。失われたものを取り戻すことだから。

——高峰さんのために。

彼の〝なんとなくスイッチ〟を押した高峰さんにかすかな嫉妬《しっと》を感じて、胸に小さな針がちくんと刺さった。

だから、だから。

「頼むよ、睦月！　朝桐もなんとか言ってくれ！」

青い顔をした山崎くんのその言葉に、体が反応する。

「ま、待って！」

ふたりのあいだに割り込み、睦月くんと向かい合った。睦月くんは目を大きく見開き、背後の山崎くんは情けない声で「あ、朝桐……」とわたしの名前を口にする。

「こ、今回は不問にしていいんじゃないかな。それに、睦月くんのせいでもあるし」

「なんで俺？」

高峰さんが睦月くんに好意を抱いていることは周知の事実だ。おそらく睦月くんだってそのことには気づいているはず。だから、山崎くんが高峰さんの想い人に嫉妬をするのも当然のこと。けれど、彼が山崎くんに嫌われていなければ、さすがに山崎くんもここまでのことはしなかったのではないだろうか。こんな強引な方法で話をするきっかけを作ろうとするなんて、山崎くんらしくない。

「好きな気持ちが暴走して、変なことをしてしまうことも、あるんじゃないかな」

「それがこいつの本性かもしんねーだろ。普通はそんなことしねえし」

「普通じゃなくなるのが、恋かもしれない」

わたしみたいな平凡な生徒が、学校の中心人物である睦月くんに告白をしようだなんて、身の程知らずにもほどがある行動を決意してしまうくらいに、恋はものすごいパワーを秘めている。無理だってわかっていても、だめだって思っていても、我慢できなくなるときがある。

「そもそも、普通って、なに」

普通の恋なんて、存在しない。

誰かを好きになれば、普通でなんていられない。今まで気にならなかったことが気になるし、どうでもいいことに傷つくし、些細なことで有頂天になり世界が愛にあふれているような気持ちに満たされる。

普通には、ほど遠い毎日になる。

もちろん、山崎くんが正しいわけではない。睦月くんは睦月くんらしく過ごしているだけ。そんな彼に高峰さんが惚《ほ》れただけ。山崎くんが高峰さんのことを想う気持ちから引き起こしてしまった今回の件は、たしかに大問題だ。

でも、それでも。

正面にいる睦月くんは、じっとわたしを見つめてくる。

なにを考えているのか、わからない。逆光で表情さえもよく見えない。

「これはこのまま彼女の机にちゃんと戻してあげて」

彼の視線にたえきれず、くるりと振り返り、机の上にある封筒を手にして言った。

「ハンドクリームは突然返ってきたらびっくりするだろうし、わたしから返すわけにもいかないから、落とし物展示場所に置いてこよう。そして――」

最後に残ったブレスレットを、山崎くんの手に握らせた。

「これは、山崎くんから明日《あした》、返してあげて」

「……朝桐」

「明日。絶対に。明日返してなかったら、そのときは睦月くんの言うように、高峰さんに伝えることになるからね」

山崎くんは、大きく頷《うなず》いて「わかった」と力強い返事をしてくれた。

「これじゃ、だめ？」

わたしの行動に口を挟まなかった睦月くんに視線を向ける。

「やっぱりお人好しだなあ、あんた」

睦月くんは呆れたように言った。けれど、どこか満足げにも見える。吊《つ》りあがっていた目元が下がっていて、彼が微笑んでいるのがわかった。それはどこか魅惑的な印象を受ける。

そして、睦月くんはゆっくりと山崎くんに近づいた。

「今回はこいつに免じて見逃してやるよ」

そう言って山崎くんに顔を近づけ、肩に手をまわし、「だからさ」と言葉を続ける。

彼の耳元にそっとやさしい声でささやく。

それはまるで、ねっとりと絡みつく一匹のヘビみたいに見えた。

「そのかわり、風紀部の廃部要請は撤回してくれるよな」

――彼の目的は、これだったのか。

涙目で感謝を口にする山崎くんと別れて、風紀部の部室にカバンを取りに戻った。

「睦月くんは、どこまでわかってたの？」

中に入るやいなや、彼の心を探るような視線を向けて訊《き》く。

睦月くんは「ん？」とわたしが気づいたことに気づいていたのか、まったく表情をかえなかった。

「はじめから山崎くんが犯人ってわかってたんじゃない？」

「高峰のものばっかりなくなるから、あいつのことを好きな男だろうなって」

「それだけなら、高峰さんを嫌いな女子かもしれないじゃん」

かわいくて睦月くんとも仲のいい彼女に嫉妬している女子もいるはずだ。

「ハンドクリームなんてしょうもないもん盗まねえだろ。ブレスレットだけだったらちょっと考えただろうけど。ほかのいくつかは職員室に届けられてたみたいだし」

そう言われると、そうかもしれない。

たしかに、嫌がらせにしては労力を使いすぎる。

「前から放課後に物がなくなって落とし物展示場所に届けられていることがあるのは知ってたからな。十中八九、山崎だろうなあって思ってたよ」

あいつが高峰を好きなことは見てりゃわかるしな、と睦月くんが喉《のど》を鳴らして愉快そうに笑った。

「でも、わかってたのはそれだけじゃないでしょ」

まんまと利用されたことに、頬がぷくうと膨らむ。

「睦月くんはもともと、山崎くんの弱みを握るつもりだったでしょ。山崎くんが悪意があって盗んだわけじゃないってことも、わかってたはず」

おお、と睦月くんが感心したように目を見開いて感嘆の声をあげた。白々しい態度に
「目的は廃部要請の撤回だったんだね」と言い放つ。

あんなにも山崎くんを問い詰めるような言いかたをしたのも、彼の弱みを握るためだったのだ。どうりでちょっと違和感があったはずだ。そもそも、たかが物がなくなるだけで彼が行動するのもおかしいのだ。

っていうか。

「わたしの手紙は結局どこなの……」

もうすぐ下校時刻の七時が迫っている。

いまさらどこをどうやって捜せばいいのか。なんでこんなことになってしまったのか。わたしはなにに巻き込まれたんだ。ああ、そういえば我が家の双子にも連絡を入れなければ。たしか今日は父親が迎えに行っているはずだけれど。

「知らねえ。まあそのうち出てくるんじゃねえの？」

ひどすぎる。

最初っからわたしの手紙を捜し出すつもりなんかこれっぽっちもなかったんだ！　山崎くんを追い詰めるのにひとりだと逃げられる可能性があるから、わたしを利用しただけに違いない。ふたりで教室の前と後ろから挟み撃ちにするために。

わたしの時間を返してほしい！

「せめて最初からそう言ってくれたらよかったのに！」

恨みがましい目つきを向けると、睦月くんは「あんたほんとにお人好しだなあ」と言った。なんでそんなにうれしそうにされるのか、さっぱりわからない。

悔しいのに、彼がこんな表情を見せてくれることにときめいてしまう。

「俺にはないな、そういうの」

「睦月くんは、自分のために生きてるんだもんね」

よくわかってんじゃん、と彼が目を細めた。

だって自分でそう言ってたじゃない、という言葉は口にしなかった。そんな彼に、お人好しのわたしはどんなふうに映っているのだろうと思うと、恥ずかしくなる。楽しげな、どこか子どものようなかわいいその表情が目の前にあるのに。わたしに笑いかけてくれることに喜びを感じているのに。

やっぱりわたしは彼にふさわしくない。〝お人好し〟と呼ばれているあいだはまだまだだ、と目をそらしたくなる。

「帰ります……」

この人には敵《かな》わない。わたしは、彼のようにはなれない。

悔しさと憧《あこが》れが胸の中に同居していて、彼への想いがマーブル模様に染まる。感情の収拾がつかない。ため息をひとつついてカバンを手にすると、力が入らずするりと落ちた。散らばる教科書にノートに筆箱に封筒。それを、ぼんやりと見つめる。

あれ？　……封筒？

しゃがみこんで手に取る。これは間違いなく、わたしの書いたラブレターだ。中を見なくてもわかる。

「あ、あった」

え？　なんで？　あんなに捜して見つからなかったのに？　なんでいまさら？　内ポケットに入れていたと思って、何度も確認したのに。もしかして実はノートや教科書のあいだに挟まっていた、のかも、しれない。

なんなのこのオチ！

「へえ、よかったじゃん。俺のおかげかな」

それはない。偶然とわたしの馬鹿さ加減の結果である。

「で、その手紙ホントはなんなの？」

脱力しつつ床に散らばった私物をカバンに戻していると、机の上に腰掛けた睦月くんがわたしを見て言った。まるで、わたしの心の中を透かし見ているみたいな確信めいた視線に、「へ」と声にならない声が漏れる。

心臓がぎゅっと締めつけられる。山崎くんとの会話でバレてしまったのだろうか。え、いつから？　最初から、ってことはないよね。え、どんな会話したっけ？　どこまでわかってるの？

にんまりとほくそ笑むような彼の表情からは、どこからどこまでを察しているのかまったくわからなかった。わかっているふりをしていて実はカマをかけられているだけという可能性もある。

だらだらと冷や汗が噴き出してくる。

——言うべき？　それともごまかすべき？

ここは、なんて答えるのが正解なのか。誰か教えてほしい。

「お、じいちゃんの、手紙、です」

動揺して変なことを口走ってしまいそうになったのをすんでのところでこらえると、

睦月くんは「そうだったそうだった」と棒読みで頷《うなず》く。やっぱり全部見透かされている

のではないかと思いながら「はは、は」と乾いた笑いでやり過ごした。

とっとと帰ろう。これ以上ここにいたら、なんだか大変なことになりそうだ。

「そういえば、あんた、名前は？」

カバンをあらためて手にして肩にかけると、睦月くんがわたしを指さした。まだ名乗

っていなかったことを思いだす。ずっと〝あんた〟と呼ばれていたっけ。

「あ、朝桐、小夜子、です」

「ふうん」

名前を訊いておいてそのやる気のない返事はなんなのか。

「あのさあ、俺、もともと、高峰の件に首を突っ込むつもりはなかったんだよ。べつに

廃部申請なんかされたって痛くもかゆくもねえし」

なんの話がはじまったのかわからず、首をかしげる。

「今日、捜しものをしてるあんたがいたからせっかくだしって思っただけ。まあ、なん

となく、かな。結果よかったなーって思ってるよ」

なんとなく。

その言葉にたいした意味なんかない。よかったというのも、いろんなことが片付いたからすっきりした、程度のことだ。

そんなことわかっているのに、顔が真っ赤に染まっているのが自分でわかった。

彼の今日に、わたしが小さな影響を与えたのかもしれないと思うと、体の中があたたかくなって力が抜けていく。口元がふにゃふにゃと緩みはじめてしまい、あわてて背を向けた。

「じゃあまたな」

「はい。じゃあ」

またな、という社交辞令を真に受けてはいけない。

自分に言い聞かせて背を向けたまま答えて、部室をあとにした。

人気のない廊下には、わたしひとり。そして手には、睦月くんに渡すはずだったラブレター。実はこれ、ラブレターなんです。読んでください、なんて言ったら……彼はどんな反応をするのだろう。彼がなにを言うのか、どんな顔をするのか、さっぱりわからないので考えることをやめた。

今はとりあえず、ラブレターが無事手元に戻ってきた。それだけでいい。

「不思議な、放課後だったなあ……」

すべてが終わると、まるで夢みたいな時間だったなと思う。

今まで一度しかしゃべったことのない睦月くんと何時間も一緒に過ごすなんて、今朝のわたしには微塵《みじん》も想像できなかった。ラブレターがないことで気が気じゃない時間でもあったけれど、ついでにめちゃくちゃ恥ずかしい勘違いをして学校の床に穴を掘りそうになったものの、なんだかんだ楽しかったような気もする。

もう二度と、ないだろう。太陽が出ている時間だけの、幻だったと思えばいい。そのくらいでちょうどいい。

いろいろありすぎて、告白をする気分は削《そ》がれてしまった。

いや、本音は、今日という日をこの満たされた気持ちのままで終えたかっただけだ。

いつか、今よりも自分に自信が持てたら。今度こそ。

そのときは今よりも欲深くなっているかもしれないけれど。

「でも、もうラブレターは持ち歩かないようにしよう……」

こんな日は今日だけで十分だ。

夕焼けに染まる廊下で、ひとりごちた。あと数分で日が沈み、今日が終わる。

◇

◇

教室に着くなり、大きなあくびをする。

昨日家に帰っても、ずっと夢見心地でなかなか勉強に手がつけられなかった。結局課題をはじめたのは夜の十一時すぎで、終わったのは三時すぎ。おかげで寝不足だ。

空はきれいな青空で、太陽の光が眩《まぶ》しい。まだ夏には早いものの、今日はじっとりと汗ばむ夏日和になりそうだ。

「そうとう課題に手間取ったみたいね」

涙目のわたしをかさねが覗《のぞ》き込む。

「まあね。昨日いろいろあったしさ」

「詳しく聞かせてよ」

カバンを自分の机に置いて戻ってきたかさねに、どうやって伝えようかと頭をひねる。

昨晩、メッセージではうまく伝えることができなかったので、学校で話すと言ったものの、睦月くんの話なので、かさねの機嫌が悪くなってしまうかもしれない。それに山崎くんの話は割愛しなければいけない。

「えーっと」

もったいぶらないでよ、とかさねが言う。と、廊下が騒がしくなってきた。彼がここをとおる時間だ。遠くで「おっす、燿」と誰かが呼ぶ声が聞こえてくる。

いつものくせでついつい廊下に視線を向けて、彼がやってくるのを待ってしまう。

「睦月くん、おはよう」

「燿、昨日連絡したのに返事しなかっただろ」

「ねえねえ、あたしのブレスレット見つけてくれたー？」

通りすがりの生徒が口々に彼に話しかける。睦月くんは「おっす」「寝てた」「落とし物んところ見に行けば？」と返事をしながら廊下を歩いていく。

今までとなんらかわらない光景だ。

昨日一緒に放課後を過ごしたことが、自分でも信じられなくなる。そのくらい、わたしと睦月くんの距離は遠い。きっと、この先もかわらないのだろう。

さびしさと、どこか安堵《あんど》を感じて見つめていると、ふと睦月くんが足をとめた。そして、くるんと顔をわたしのほうに向ける。彼の視線が、わたしを捕らえる。

「おっす、小夜子」

「……へ？」

小夜子、って、なんで、わたしの名前を。名字ならともかく、なぜ下の名前を。

まわりにいた誰もが「え」と目を見張りわたしと睦月くんを交互に見つめた。もちろん、かさねも口をあんぐりと大きくあけてわたしを見ている。眉間《みけん》にはしっかりとシワを刻んで。

「今日の放課後、部室に来いよ」

わたしにひらひらと手を振りながら、睦月くんが言った。

部室、って風紀部のあの部室のことだろうか。

いやな予感が頭に浮かぶ。いやいや、まさか。そんなはずはない。

引きつった笑みで彼に訊《き》くと、睦月くんはわたしの反応をはじめからわかっていたみたいに、にんまりと目を細め目尻《めじり》を下げた。

彼の視界には、わたししか映っていないのではないかと思った。

〝なんとなくスイッチ〟が入ると、まわりが見えなくなる。ひとつのことに集中し、他のことはお構いなし。それしか見えない。

血の気が引いていく音が聞こえる。

「な、なんで？」

「そりゃ、小夜子が風紀部だからだろ」

いつそんなことになった！

「え、なんで！」「風紀部ずっとひとりだったのになんで？」「あたしも入部させてよ」

「どういう気持ちの変化」「っていうか誰」「知り合いだっけ」

わたしが叫ぶよりも前に、教室からも廊下からも声があがり騒がしくなる。

「どういうことよ、サヨ！」

かさねがわたしの肩をつかんで前後に揺らした。

「あ、いや、その」

わたしにもなにがなんだか。

「今日からよろしく、小夜子」

乱暴に揺さぶられるわたしを見ながら、睦月くんはさっきと表情をひとつもかえずに言った。そして、念を押すように「頼むな」と最後につけ加える。

頼まれると断れないわたしに。

高校二年生の五月。

これからの高校生活が、よくも悪くも、色濃く彩られそうな予感を抱いた。

第2章　わたしのメールは届かない。

睦月くん
風紀部入部から一週間がたちました
わたしは、睦月くんのことが好きです
なので、風紀部を退部させてくれませんか

わたしが作った意味のわからないラブメール（と言うのだろうか。なんかダサい）と酷似したチェーンメールが広がっている、と耳にしたのは、わたしがラブメールを誤送信してしまった日の昼休みだった。

エアコンのつけられていない部室は、じめっとした空気がこもっていて、立っているだけで汗が浮かんでくる。外では細く長い線を描くような雨が降り注いでいた。

「現代版不幸の手紙――この場合不幸のメールってところだな」

部室で睦月くんがノートPCを見つめながらつぶやき、わたしにそれを見せてくる。

彼の受信ボックスには、様々なメールアドレスから『件名なし』というメールが数十通届いていた。その内容はすべて同じだという。

「睦月くん　あなたを呪ってから一週間がたちました　わたしは睦月くんのことが好きです　なので、あなたを不幸にさせてもらいます」

睦月くんが読み上げる。

何度も自分のスマホで見た文章とよく似た内容に、目眩《めまい》がした。

なんでこんなことになっているのか。

誰か教えてくれないだろうか。

わたしが書いたのは不幸のメールだったっけ？

◇　◇

遡《さかのぼ》ること、約六時間前——。

なんだ、この内容は。

朝、学校に向かう電車の中で昨晩保存した未送信メールの内容を読み直し、がっくりと項垂《うなだ》れた。なにが言いたいのかさっぱりわからない。だいたい〝好きです〟のあとに〝なので退部させてくれ〟ってなんだ。まったく話がつながっていない。ただ部活をやめたいだけのようで、〝好き〟のインパクトが弱い。まるでおまけ。

かれこれ一週間、文章を打っては消したりなおしたり、を繰り返している。その結果、どんどん意味がわからなくなってきた。

……自分でもなにを睦月くんに伝えればいいのかわからないからこんなことになるのだろう。告白がしたいのか、部活をやめたいのか。

はーあ、とため息をついて、車窓からの景色を見つめる。午後から雨にでもなりそうなすっきりしない空に、そういえばもうそろそろ梅雨の季節がやってくるのかと気がつく。今日から六月だったことも同時に。

家からバスで十五分、電車で四十分、そしてそこから徒歩で二十分。けっして近くない高校までの距離を、わたしは不満に感じたことがない。満員電車を避けるために数本早い時間に家を出ているのもあるだろう。それに、ドアの近くでぼんやりと外を眺めながら過ごすのも好きだ。

——最近は特に。

睦月くんの気まぐれにより風紀部に入部することになってから一週間。わたしの日常は一気に騒がしくなった。風紀部の活動で忙しいわけではない。約一年間、誰の入部も認めなかった睦月くんが、突如わたしを招いたことが原因だ。

瞬く間にわたしの顔と名前が学校中に知れ渡り、「あの子が？」「なんで？」「普通の子じゃん」と話題のネタにされている。通りすがりに二度見されることも増え、まったく知らない相手から「よう風紀部副部長！」と声をかけられることもある。わたしは副部長だったのか（ふたりしかいないので考えてみればたしかにそうなのかもしれない）。ときには面と向かって「なんであんたが入部できんのよ」と女子に言われたことも。おそらく睦月くんのことを好きなのだろう。っていうか、どうしてとわたしに訊かれても困る。その答えを一番欲しているのはわたしだ。

いったいなぜこんなことになってしまったのか。

再びスマホの画面を見つめる。一週間前は、好きです、とだけ伝えればよかったはずなのに。

「あれ？　朝桐？」

この一週間で優に百回は超えたであろうため息をつくと、背後から名前を呼ばれ、反射的にスマホの画面を隠して振り返る。と、真後ろに小学校から同じ学校に通っている益田《ますだ》くんがいた。

「はよ。はじめて電車で会うなあ」

「おはよう、益田くん」

彼はくりっとした大きな目を細めて、わたしに一歩近づいた。栗色の髪の毛は、くせっ毛らしく毛先がくるんと丸まっていて、それは彼の明るい性格によく似合っている。人懐こい印象があるけれど、背が高く剣道部だからか背筋がぴんっと伸びているので、凛々《りり》しさもある。

半袖《はんそで》のYシャツから伸びた彼のたくましい腕が、そばにあった手すりをつかんだ。手首に肌色のサポーターが巻きつけられているのに気がつく。

「手首、どうしたの？　怪我？」

「あー、ちょっと部活中にね。汗で滑って捻挫《ねんざ》したんだ」

たいしたことないけど念のため、と益田くんは手をひらひらと振った。

「っていうか、この時間電車すいてるんだなあー。知らなかった」

「益田くんはいつももっと遅いよね。今日はどうしたの？」

「今日、リーダーであてられるんだけど、教科書学校に忘れてさあ」

益田くんは渋い顔をして肩を落とした。

彼とは中学一年の一年間だけしか同じクラスになったことがない。クラスメイトだったときに数回話したことがあるけれど、友人と呼べるほどの関係ではなかった。親しげに、けれど、高校生になって彼はわたしによく話しかけてくるようになった。

自然に。おそらく、かよっていた中学から今の高校に進学したのがわたしと益田くんだけだったから、気にかけてくれているのだろう。

こういうところが、女子に人気の理由だろうな。

益田くんは昔からけっこうモテる。わたしなんかがえらそうに言える立場ではないけれど、彼は特に目を引く容姿をしているわけではない。ただ、昔から社交的で、いつもにこにこしていて、男子にも女子にもやさしいのだ。それが彼の魅力だ。

彼のことを悪く言う人には、今まで一度も出会ったことがない。

小学校のときはクラスにひとりかふたりは彼に憧《あこが》れていた女子がいた。中学のときは剣道部ということでサッカー部やバスケ部のエースたちに多少人気を奪われたものの、何度か告白されたことがあるはずだ。

かくいうわたしも、一時期ちょっといいな、と思っていた。好きだった、というよりも眩《まぶ》しい存在だった、という感じだ。

「朝桐はいつもこの時間なの？」

「うん、すいてるから」

「そういう理由か。てっきり風紀部の活動で早いのかと思った」

ははは、と爽《さわ》やかに言われて、返事に困る。

益田くんの耳にも、わたしが風紀部に入部したことは届いていたらしい。当然といえば当然だけれど、あらためて睦月くんの存在の大きさを思い知る。

電車がゆっくりと速度を落としていく。ドアがぷしゅうっと空気を吐き出すような音を出して開き、数人の乗客を増やしてドアが閉まった。それを待っていたかのように、

「でもなんで？」

と益田くんがわたしの顔を覗《のぞ》き込む。

「朝桐と睦月って、面識あったっけ？」

「あ、ああ。いや、まあ、ちょっとたまたま、成り行き、で」

「成り行きで風紀部入ったの？　朝桐また面倒押しつけられてるんじゃないの？」

ぎくりと体が小さく震えた。

それは、益田くんの言うとおりだからなのか、それとも昔言われたときのことが瞬時に蘇《よみがえ》ったからなのか、自分でもよくわからない。

――『利用されてない？』

中一のとき、同じクラスの女子に、用事があるからかわりに出席してくれないかと頼まれ引き受けた放課後の委員会でのことだった。たしか保健委員会で、男子が益田くんだった。

――『断らないとだめだよ』

彼はそう言ってから『朝桐はやさしいんだな』とはにかんだ。

自分がやさしいのかどうかはわからないけれど、たぶんそれを口にした彼こそがやさしい人なのだろうと思った。

「今のところ特にこれと言った活動をしてるわけじゃないから、大丈夫だよ」

この返事は嘘ではない。

睦月くんと知り合い、部活に誘われて今日でちょうど一週間。土日を除けば五日間で、部室で放課後を過ごしたのは一度だけ。いつの間にか部員に決定された日の放課後、部室を訪れたら有無を言わさず入部届を書かされた。

強引ではあったけれど、入部したからにはなにかすべきことがあるのだろう。そう身構えていたものの、来てほしいときは言うから、とその日はすぐに解散し、その後は普段どおり、クラスメイトの掃除当番をかわったり、先生の雑用を手伝ったり、人手不足の園芸部を手伝ったり、なんでも屋のようなことをしている。

どうしてわたしを誘ったのかと思うほど、なにもない。

風紀部は謎に包まれている。どんな活動をしているのか、さっぱりわからない。なぜ風紀部という名称なのかも疑問だ。

わたしは本当に風紀部に入ったのだろうか。睦月くんと言葉をかわしたあの放課後は夢だったのだろうか。

けれど、それでもやっぱりわたしと彼の関係は風紀部だった。その証拠に、彼はわたしを見かけるたびに名前を呼んでくれる。

――『小夜子』

睦月くんがわたしの名前を呼ぶ声を思いだすたびに、顔が熱くなり狼狽《うろた》えてしまう。

こんな状況、以前のわたしには想像もできなかった。どうにか彼の視界に入りたいとラブレターをしたためていたころのわたしに教えても、信じてもらえないだろう。

だからこそ、ついていけないのだ。だって、わたし自身はなんの努力もしていない。棚からぼた餅《もち》が降ってきただけ。だから素直に受け止められない。

だから、告白しないといけない気がする。

かといって、関係がかわった今、ラブレターで告白するというのはなんとなくしっくりこない。なんというか、気合いを入れて試合に臨んだはずなのに、突然その競技がこの世から消えてしまったような宙ぶらりん感。そのせいでやる気が削《そ》がれたというかケチがついたというか。結局、諦《あきら》めることも、試合を続行することもできず、八十二通目のラブレターはカバンの内ポケットに入れたままになっている。

とりあえず気分一新し、べつの方法で告白するのがいいだろうと思い至った。

同じ風紀部なので直接伝えるのもいい。部室に顔を出して、そこに睦月くんがいればふたりきりだ。これ以上のシチュエーションはない。

と、思ったけれど、今わたしたちは部活仲間だ。告白してふられたあと、わたしたちの関係はどうなるのか。

気まずい！

ふられても友だちでいましょうね、なんて高度な技は使えないし、そもそもわたしたち友だちじゃないし。部活をやめられたらいいけれど、睦月くん相手だとどうなるのかさっぱりわからない。このまま部活続行の場合、ふられた相手と部室にふたりきりになるということだ。拷問か！

やだもう部活なんかやめたい！　やめさせてくれ！

というようなことをぐるぐる考えてしまい、あんな変なメールを打ってしまった。

ちなみに、わたしは睦月くんのメールアドレスもSNSのアカウントも知らない。なのに、なぜメールで告白しようとしているのか。完全に迷走している。

「朝桐？」

「え、あ、はい？」

また思考回路が迷宮に入ってしまい、益田くんの声にはっとする。

「大丈夫か？　いやなら、おれから睦月に言ってやろうか？」

「あ、ううん、大丈夫。本当に。っていうか益田くん、睦月くんと仲良かったの？」

心配そうに眉《まゆ》を下げる益田くんに、複雑な気持ちになった。心配してくれる彼のやさしさはすごくありがたいのだけれど、わざと話題をかえる。

「それなりに。おれも理数科だしね。同じクラスになったことはないけど」

「ああ、そっか。……益田くんから見た睦月くんって、どんな感じ？」

ふと、興味が出て訊《き》いた。

よく考えたらわたしは今も前も、睦月くんのことをよく知らない。

「睦月？　んー……べつに、普通じゃねえの？　あ、でもマイペースっていうか、興味がないことにはつき合わないらしいけど。女子と遊びに行くとかもめったにしないとか」

「ふうん。よく遊んだりするの？」

「まあ、何回か。友だちの家でゲームしたり」

なるほど、そうなのか。ふむふむ。益田くんの返事を心の中でメモに取る。

「どんなゲーム？」

今度買ってみようかな。ゲームは苦手だけれど、共通の話題ができるかも。そんなことを考えていると、益田くんの視線を感じた。

「……朝桐、情報収集がわかりやすすぎるよ」

益田くんが腰を折って、わたしと目線の高さを合わせている。覗き込むようなその仕草に、思わず体をそらして「へ」と間抜けな声を発してしまった。ついでにごん、とドアに後頭部をぶつけた。乗客の視線がわたしに集まり、顔が赤くなる。

「睦月はなかなか手強《てごわ》いと思うけど、まあ、がんばって」

「あ、いや、これは……」

なんとかごまかそうとするけれど、益田くんは「もう無理だよ」と失笑した。

結局、あのあと学校に着くまで益田くんに質問攻めにされてしまった。

いつから好きだったのか、どこが好きなのか、なんで睦月くんなのか、なんでまだ告白していないのか、どうやって告白するつもりなのか。

必死にごまかし否定し続けたけれど、益田くんはまったく信じてくれなかった。っていうか思い返すと何度か口を滑らせたというか、墓穴を掘ったような気がしないでもない。

「もう、なんであんなにわたしの恋愛事情を知りたがるの」

「睦月なんかを好きなのが理解できないからでしょ」

教室に着いて、かさねに今朝のことを報告するといつもの調子で言われた。けっ、と舌打ちでもしそうな表情に、ああ、今日もかさねは絶好調だなあ、と思う。

ここ一週間、かさねの機嫌はすこぶる悪い。その原因はもちろん睦月くんであり、風紀部だ。わたしが風紀部に入部したことも、睦月くんがわたしを「小夜子」と呼ぶことも気に入らないらしい。馴《な》れ馴れしい！　とメデューサのように怒っていた。

外よりも湿度が高い気がする教室で、ぱたぱたとノートをうちわがわりに煽《あお》ぐかさねは、鼻の頭をテカらせながらむっつりと頬を膨らませていた。わたしも半袖《はんそで》のYシャツが少し肌に貼りついている。いや、これは益田くんのせいか。

「もう、早く告白しなよ」

「最近かさね、そればっかりだね」

「だってさっさと風紀部やめてほしいし」

以前と違う理由で決心のつかないわたしに、かさねはうんざりしているのだろう。

「っていうわけで、はい」

ふたつに折られた白いメモ用紙を、差し出される。中にはメールアドレスがひとつ。

首をかしげてそれを受け取る。

「なにこれ」

「睦月のメールアドレス」

かさねがそっぽを向きながら答える。

なるほど、睦月くんのか。ほうほう。

「って、え！　なんで？　なんでかさねが知ってるの！」

「知り合いに教えてもらったのよ」

誰だ、知り合いとは。

かさねに睦月くんとつながるような知り合いがいたとは知らなかった。男子とはほとんど話をしないし（山崎くんに文句を言っていることはあるけれど）、女子とも一線を引いてつき合っているのに。ただ、わたしと目を合わさないかさねは、どことなく後ろめたさを抱いているような、そんな気がした。

触れちゃいけないような気がして、かさねからメモに視線を戻す。アドレスは携帯電話会社のドメインではなく、誰でも取得できるフリーメールだ。

「SNSのアカウントとかでもないんだね」

わたしもいちおうメールアドレスを持っているけれど、かさねや友人とのやりとりは

SNSのメッセージ機能を使用している。メールでやりとりする子のほうが少ない。

「なんか、SNSとかは使ってないらしいよ。メールだけなんだって」

睦月くんらしいといえばらしい。

かさねは睦月くんの話をするのがいやなのか、渋柿を食べた直後のような顔をしている。忌ま忌ましいものを見るみたいに、眉間《みけん》にシワを寄せてメモをちら見した。

「さっさとそのアドレスに不幸のメールでも送ればいいんだよ」

「なにそれ。いまどきそんなことしないし」

かさねには似合わない単語に、噴き出してしまった。するとかさねは「知らないの？」と言って顔を近づけてくる。

「最近じわじわと校内で広がってるんだってさ」

「不幸のメールが？」

なんだそれ。

「そんなの遊びでしょ。ていうかさ、このメールに告白するとしてだよ、突然わたしからメールが来たら睦月くんびびらないかな？」

「そんなことでびびらないでしょ」

そういうものだろうか。

ただ、彼のメールアドレス自体はありがたい。これで告白できちゃうぞ、とは思わないけれど（そんな勇気があればすでに告白済みだ）、知らないよりも知っているほうが安心感がある。

かさねの態度に多少の違和感を覚えつつも、気にせずちょうだいすることにした。メモをなくしてしまっては大変なので、すぐにスマホに登録しなければ。

まさかわたしのスマホに睦月くんのメールアドレスが登録されるなんて、と彼の連絡先を保存して、感動を味わう。ふと思いたってこれをさっきのメールの宛先《あてさき》欄にコピペしてみた。あとは送信ボタンをぽんっと押せば告白完了だ。現代文明は告白すらも指先ひとつでできる。

もちろん送らないけれど。送れないけれど。隣から発せられるかさねの「さっさとしろ」というオーラにも気づかないふりを決め込む。

「おっす、小夜子」

「っ、ぎゃあああああ！」

背後からひょこっと現れた睦月くんに、悲鳴をあげた。

睦月くんは耳に手をあてて顔をしかめながらわたしを見下ろす。心臓がばっくばっくと爆音を響かせていた。っていうか口から内臓全部出てくるかと思った……。

「なんだよ。びっくりした」

「び、びっくりしたのはわたしだよ……！」

胸に手をあてて、制服を握りしめる。

メールアドレスを打ち込むのに必死で、睦月くんが登校してきたことに気づかなかった。いつもなら彼が廊下にやってきたらすぐわかるのに。わたしの大声のせいか、睦月くんの行動のせいか、廊下や教室にいる生徒たちがこちらを見ていて、どっと汗が噴き出す。みんなの視線が湿気にまじってわたしに絡みつく。

　鼓膜にはいまだ自分の心拍音が鳴り響いている。

「ど、どうしたの」

　毎朝わたしを見かけるたびに声をかけてくれるけれど(正直そのたびに注目の的になってしまうので、最近は彼の気配を感じたら身を隠している)、教室の中にまでやってくるのははじめてだ。

「今日の昼休み、部活動があるから」

　部活動？　風紀部の？　なにそれ。そんなのあったんだ。でも、昼休み？

　ぽかんとしていると、「迎えに来るから教室で待ってて」と言ってわたしの肩をぽんっと叩《たた》いた。思ったよりも大きな睦月くんの手に、意識がぎゅいんっと肩に集中する。感じたことのない体温がそこからじわじわと体内に広がってくる。人気者の彼は手のひらからも人を誘惑するなにかを発しているようだ。

「じゃあ」

「あ、うん」

　ひらっと手を振って背を向けた睦月くんを見つめた。

　こんなふうに話ができるだけで、満足してもいいのかもしれない、なんて弱気な自分が顔を出す。彼に名前を呼ばれるたびに幸福感に満たされる。それを失ってまでわたしは告白すべきなのか。

はあーっとため息をついて、自分の手を見た。その中にはわたしのスマホがある。睦月くんが突然現れて焦って握りしめた拍子に、画面オフのボタンを押していたらしい。あぶなかった。これを見られたら最悪だった。ほっと胸をなでおろして画面をつけると、そこには『送信完了』という四文字が浮かんでいた。

……誰に、なにを？

わたしは、なにを、誰に、送信した？

「わー、告白おめでとー！」

わたしが固まったのを不思議に思ったかさねがわたしの手元を覗《のぞ》き込む。そして表示された文字ですべてを悟ったらしく、棒読みの祝福をくれた。

目の前が真っ暗になり、スマホがわたしの手から滑り落ちる。画面が割れる不穏な音は、わたしの恋の終わりを告げていた。

午前中、ずっと呆然《ぼうぜん》としていた。

自分のしでかしてしまった現実を受け止められない。かさねの声はもちろん、先生の声も聞こえているのに、体が反応を示すことができないまま過ごした。ずっと自分の机の前で硬直状態だった。

けれど、時間は刻々とすぎていく。

昼休みに入り、かさねがお弁当を持って近づいてきたことで、やっと覚醒《かくせい》した。というかこのままぼーっとしているわけにはいかないことに気づかされた。

お昼！　風紀部！　睦月くん！

みっつの単語を頭の中で叫び、目を見開く。

「やばい！」

なにが？　と言いたげにかさねがわたしを見つめる。

「お昼、風紀部のなにかがあるとかで、迎えに来るとか、なんとか」

あわあわと身振り手振りでかさねに説明する。「ああ、そういえば」と思いだしてくれたけれど「もう関係ないんじゃないの？」とあっさり言われてしまった。

それ、わたしがふられた認定しているじゃん！

でもかさねの言うとおりだ。スマホを確認するけれど、睦月くんからの返信はない。完全にスルーされている。わたしの意思を受け取ったということなのだろう。

わかっていたとはいえ、やっぱり落ち込む。

先週までのわたしはただ、彼に知ってもらいたかった。告白して、一瞬でもいいから彼の日常に名前を刻みたかった。数秒後に忘れ去られてもかまわないとすら思っていたけれど。

今のわたしは告白なんかしたくなかったことに、いまさら気づく。ふたりだけの風紀部部員という関係性に満たされていた。失ってもいいだなんて微塵《みじん》も思っていなかった。

おまけに、彼にとってわたしは、告白に返信する労力も使う必要がない相手だったようだ。そんなこと知りたくなんかなかった。わたしを下の名前で呼ぶくせに、わたしに「頼む」と言って風紀部に招いたくせに。結局彼にとってその程度だったのだ。

惨めで涙が浮かんでくる。

くそう。平々凡々を自覚していたって、悔しいと思う気持ちくらいはあるんだからな！

睦月くんの馬鹿やろう……！

「よ、小夜子」

「っ、ぎゃあああああ！」

ぽんっと背中を叩かれて、体が大げさなほど飛び跳ねた。わたしの大声で、騒がしかったお昼休みの教室が静まり返る。かさねも珍しくびっくりした表情で動きをとめる。

あまりの驚愕《きょうがく》に、体中が心臓になったみたいに振動している。そのまま口をあんぐりとあけて振り向くと、睦月くんが目を丸くしていた。

「なんだよ。びっくりした」

「び、びっくりしたのはわたしだよ……」

デジャブ。今朝もこんな会話をしたような。

そもそも、なんでわたしに話しかけるのか。

もしや面と向かってお断りをするつもりなのでは。さすがに無視は申し訳ないと思ったのだろうか。気持ちはありがたいが、注目をあびるのでメールでよかったのだけれど。

我ながら注文が多い。めんどくさいな、わたし。

「朝言っただろ。お昼に部活があるって」

「……へ？」

睦月くんは「忘れてたのか」と呆《あき》れたように肩をすくめた。数秒前まで覚えていたけれど、一瞬で記憶から消し去っていた。

いや、いやいや、今はそれどころではないのでは。

眉根《まゆね》を寄せて彼の気持ちを探ろうと見つめるけれど、さっぱりわからない。睦月くんは朝と、いや、今までとなんらかわらない態度でわたしと向き合っている。彼の表情からは、告白してきたわたしに対する気まずさも、申し訳なさも、もちろん喜びも感じることはできなかった。

え、わたしの告白ってそんなに軽いものなんですかね。

告白したことすらなかったことにされるのもショックなんですが。

「ほら、行くぞ。小夜子がいないと困るんだから」

こっちこっち、と廊下を指さして歩きだした睦月くんに、混乱した頭でとりあえずついていく。こんなときでも頼りにされると断れないわたし。視界のすみに、かさねが不満げにお弁当を頬張っているのが見えた。

すたすたと先を行く睦月くんを、わたしのお昼ご飯はどうなるのだろう、とどうでもいいことを考えながら追いかける。廊下にいる生徒たちは、睦月くんの姿を見ては「よお」「なにしてんの」「風紀部勢揃いじゃん」と声をかけた。一緒にいるからか、わたしにも今まで話したことのない男子が「副部長がんばって」「大変だなー」と気さくに話しかけてくる。

あらためて睦月くん効果を思い知る。もちろん、女子からのナイフを突き刺されるような鋭い視線もある。特に厳しいのは高峰さんだ。彼女はいつも笑顔のアイドルだったはずなのに、なぜ。

ぶるぶると震えているあいだに理数科のある東校舎に足を踏みいれていたらしい。四階の突き当たりにある生徒会室が、教室とは別格感を醸し出す重厚な両開きの扉でわたしたちを出迎えていた。生徒会は貴族さまなのだろうか。ここだけ空気が違いすぎる。今までこの場所に用事がなかったので一度も来たことがなかった。

「お邪魔しますー」

睦月くんはノックもせずに扉をあけた。

ぎょっとしたものの、生徒会長は睦月くんと知り合いだったっけ、と思いだす。そうとう気心の知れた仲なのだろう。睦月くんのあとに続いて「失礼しますー」と小さな声で呼びかけながら入る。と、

「ノックと挨拶《あいさつ》くらいしろよ！」

中から叱咤《しった》の声が響き、思わず「すみません！」と返事してしまった。

「突然叫ぶから、小夜子がこわがってんじゃん。ヒステリックだなあ、相変わらず」

「誰のせいだ、誰の」

親しげな会話に、そっと視線を持ちあげる。

十二畳以上はあるだろう部屋の一番奥には、ドラマなどで社長が座るような、大きなデスクがあった。残り四つのデスクも立派な木製のもので、壁際にはガラス戸のついた本棚、真ん中には立派なソファとローテーブルが置かれている。

……ここ、生徒会室と言うより校長室なのでは。

至る所に高そうな花瓶とか得体の知れない置物とかあるんだけど。

「わざわざお昼にありがとう」

別世界に迷い込んだような生徒会室に圧倒されていると、社長デスクに座っていた男性がすっくと立ち上がりわたしに近づいてきた。

生徒会長の浦口《うらぐち》先輩を、こんなに間近で見るのははじめてだ。学年が違うので、年に数回、壇上で話す姿でしか見たことがなく、わたしからするといわゆる天上人だった。

茶色がかったサラサラの髪の毛は、照明の下できらきらとシルクのような不思議な光沢を感じさせた。山崎くんのようにきっちりと制服を着こなしているわけではないのに、清潔感と上品さがある。少し大きさの違う左右の瞳《ひとみ》は、茶色がかっている。クオーターかハーフという噂は本当かもしれない。

この学校の〝王子様〟と言われているのも納得だ。

生徒会室の高級感も致し方ないのだろう。

だって彼に普通の部室は似合わない。彼が輝けない！

「どうした、小夜子」

睦月くんに呼びかけられてはっとする。

「あ、朝桐小夜子です、はじめまして」

生徒会長に思わず見とれてしまっていた。あわてて頭を下げると「はじめまして、生徒会長の浦口龍之介《りゅうのすけ》です」とにっこりと微笑まれる。目尻《めじり》をぐんと下げた彼の目元にはやさしげなシワが刻まれた。

ものすごくかっこいい、というわけではないのに、誰にも醸し出せない色気がある。こういうのをフェロモンというのだろうか。

「で、突然呼び出したからにはなんか理由があるんだろ」

睦月くんはどさりとソファに座り脚を組んだ。わたしも隣に腰掛ける。会長は向かいに腰をおろして「こういうのは燿が適任だと思ってさ」と言った。

砕けた口調から、ふたりの関係がよくわかる。

「最近、物騒な話を耳にするんだ」

先輩が話しはじめると、睦月くんはぴくんと反応を示す。そして「あれか」とうんざりした顔で答えた。〝あれ〟とは。

「やたらと怪我をするやつが増えたよな」

「はじめはまた燿が余計なことをしはじめたのかと思ったんだけどな」

「なんで俺なんだよ」

ちっと舌打ちまじりに睦月くんが言う。

「頼めるか？　頼みたくないけど」

どっちだ。

会長の苦々しい顔に思わず心の中で突っ込みを入れる。

睦月くんは「ふうん」とにんまりと口の端を引き上げて身を乗り出した。そして、会長の顔にぐっと自分の顔を近づける。

「風紀部があって、俺がいてよかったなあ、龍」

「燿がいなかったらよかったのにと思う回数のほうが多いけどな」

「素直じゃないな、龍は」

うれしそうに睦月くんが笑うと、先輩は顔をしかめた。その表情には若干の怒りをはらんでいるような気がする。なんだか空気もピリピリしているような。

「そう思うなら、オレに尻拭《しりぬぐ》いをさせるな」

「きみも！」

仲がいいのかなと思ったけれど、違うのだろうか。

「は、はい？」

会長は突然わたしを見て大きな声を出した。

「燿に迷惑をかけられてるんだろ？　いやならいやだとはっきり断れよ」

「はあ……」

「まあ、いやだと言ってもこの男には通用しないけどな。燿と出会ったせいでオレの人生は燿の尻拭いばかりだ。猫の騒動時には先生たちに頭を下げ、生徒たちを落ち着かせ、保護者にも説明し、文化祭では大惨事になりかけて、ほかにも数えきれない。家をチョコまみれにされたこともあれば、父の会社を巻き込んでしまったことも」

「またまた。龍の恋にも協力したりしたじゃん」

「どこがだ！　あれは邪魔しただけだろ！　なにもするなと何度も頼んだっていうのに、お前は……お前のせいでオレは……」

王子の顔が悲愴になっていく。

「こんなこと言ってるけど、龍は俺のことが大好きなんだよ」

「そんなわけあるか！　オレにとってお前は疫病神だよ！」

先輩は睦月くんという疫病神につかれているらしい。王子様を一瞬にして残念イケメンにするほどの力があるので、睦月くんはそうとう能力が高そうだ。

「きみも、本当にいやなら断るんだ。早いところ縁を切ったほうがいい」

いやなら断れ、か。

今まで数百回は言われたセリフを反芻《はんすう》する。今朝も益田くんに言われたばかりだ。

「大丈夫だよ、小夜子は」

「無理強いしたんだろ、どうせ」

「まさか。だって小夜子は龍と同じタイプだから」

え、そうなの。

先輩と顔を見合わせる。と、先輩は眉《まゆ》を下げて哀れみの視線を向けてきた。それ、どういう感情ですか。わたしがかわいそうなのか先輩がかわいそうなのかどっちですか。

「んじゃ、数日のうちにはなんとかしてやるよ」

「ああ、頼む」

話はこれまで、と言いたげに睦月くんが立ち上がり、わたしもそれに続いた。ぺこりと頭を下げて生徒会室をあとにする。

いつの間にか窓の外ではパラパラと雨が降りはじめていた。帰るころには本降りになっていることだろう。いつもなら明るい校舎も、雨のせいで薄暗い。東校舎は本校舎より生徒が少ないからか、来るときよりも声をかけられることは少なかった。そのせいか、こうして並んで歩くのははじめてのことのように思える。前に放課後を過ごしたときはそれどころじゃなかったし。

「わたし、来る必要あったの？」

ふたりだけでしゃべっていたような。独り言のつもりだったけれど、睦月くんの耳に届いていたようで、「どうだろう」とよくわからない返事をされた。

「どっちでもよかったけど、龍が小夜子に会わせろってうるさかったから」

品定めされていたのだろうか。

「あと詳細話すのにちょうどよかったからな。このまま部室で説明する」

「あ、うん」

本当に風紀部として活動するようだ。

「あいつ、今は生徒会長なんかやってるけど、昔はいじめられっこでいっつも泣いてたくせに、ほんと、えらそうになっちゃって」

昔はかわいかったのになあとぼやきながら睦月くんが歩く。あの王子様がいじめられていたとは。幼いときから王子様でみんなを魅了していそうだというのに。

「先輩とはつき合い長いの？」

「幼稚園から。家も近いしな」

「へえ。いいね、幼なじみってやつだね」

「小夜子には？　そういう相手いないの？」

「地元の中学からこの高校入学したのわたしと益田くんしかいないしなあ。益田くんは、小学校から一緒だけど、話をするようになったのは高校からだし」

そうなんだ、益田と同中なんだ、と睦月くんが言う。そうなんだよ、ふたりだけでね、とわたしは世間話を続ける。

できるだけ普通を装ってはいるけれど、どうしてもふたりきりになると緊張する。あの睦月くんと会話しているなんて、やっぱり信じられないな、この状況。

そのまま一階まで下りて靴を履き替え、部室棟に向かう。雨音がよく響き、なぜか世界にふたりきりみたいな気分になる。

「そういえば小夜子、お昼まだなんじゃねえの？」

睦月くんがはたと足をとめて振り返る。

「え、あ、うん」

「わりいな。お詫《わ》びになんか買ってやるよ。余り物だけど」

「悪かったね、余り物で」

靴箱のすぐそばにある売店から、おばさんが顔を出した。言葉とは裏腹に、うれしそうな笑顔だ。「余り物だろ」と睦月くんが親しげに言って、四つのパンと紙パックのジュースを二本手に取った。

「あ、お金……！」

「いいよ、弁当だったんじゃねえの？　それは悪いけど放課後にでも食ってくれ」

それはかまわないけれど、パン代くらい払うのに。

と、思ったものの今のわたしは完全に手ぶらであることに気づく。財布は教室のカバンの中だ。一気に顔が青ざめたのか、睦月くんに「ぶは」と豪快に噴き出された。なにを考えていたのか丸わかりだったらしく「気にすんなって」とわたしの頭にぽんっとパンをのせる。

わたしよりも頭ひとつぶんほど上にある彼は、やさしげな笑みを浮かべていた。好きだと思っていたけれど、わたしが好きだった彼の姿なんて、ほんの僅《わず》かだったのかもしれない。だって、今のほうが、たぶん好きだ。

彼はこんなふうに人のことを気にかけて、そして、笑ってくれるんだ。その〝人〟が〝わたし〟であることに、口元がへにゃりと歪《ゆが》んでしまう。

ああ、好きだな。

体の、お腹のちょっと上あたりが幸福にぽかぽかと満たされる。

告白したら、どうなってしまうのだろう。もう、笑ってくれないのだろうか。

──いや、告白したんだけど！　なかったことにされているのだけれど！

部室棟に向かいながらひとり落ち込む。そんなわたしに気づく様子のない睦月くんは、部室に入るとすぐに「蒸し暑いな」と窓をあけた。

「とりあえず飯食うか」

窓際の大きなデスクに腰をおろした睦月くんは、目の前にあったノートPCの電源を入れてパンの袋をあけた。わたしは長机にパイプイス。睦月くんの買ってくれたいちごジャムパンを頬張り、ゆっくり咀嚼《そしゃく》して心を落ち着かせた。ちらりと睦月くんに視線を向けると、PC画面を見てなにかを操作している。

あの中に、わたしからのラブメールが届いているはずなのだけれど。まさか、ここまでなにごともなかったかのように過ごされるとは。

好きの反動で睦月くんを憎んでしまいそうだ……。

わたしの勇気を返してほしい（事故だけど）。もしくは今までに書いた八十二通のラブレターに謝ってほしい。こんなにあっけなく恋が砕けていいのか。

かわいさあまって憎さ百倍。悲しみを怒りに無理やり置き換えて心を保つしかない。

いや、でも待てよ。

パンを噛《か》み切るというよりも引きちぎるように食べ、ふとひとつの可能性が浮かんだ。

もしかしてメールアドレス間違えてたとか？　メモを見て打ち込んだので、どこかでミスをしていたのかもしれない。だとしたら、宛先《あてさき》不明でエラーになるはずだけど。どこかの誰かが受け取ったのだろうか。それもそれでまずいのでは。

急に不安になってきて、ポケットにあったスマホを取り出した。メールアプリを開いて受信フォルダを確認する。けれど、なにも届いていない。迷惑メールに振り分けられているのかもと思ったけれど、そちらも違った。

やっぱり届いている、のかなあ。

頭を悩ませながら送信済みフォルダを開き、メール内容を確認した。

わたしの名前を書いていないから気づいていないのでは？　と思ってほっとし、いや風紀部って書いている時点でわたしだってわかるじゃん！　とがっくりと項垂《うなだ》れる。

「小夜子、これこれ」

睦月くんがわたしの名前を呼び、手招きする。「これ見て」とPC画面を指さしていたので、立ち上がって覗《のぞ》き込んだ。

「さっきの話。最近怪我をしたやつが増えてるって言ってただろ。その怪我したやつのほとんどに、同じようなメールが届いてるらしいんだ」

そう言って、メール画面を開く。

「現代版不幸の手紙――この場合不幸のメールってところだな」

そういえば、今朝かさねがそんな話をしていたような。

なんの冗談だと聞き流していたけれど、本当にそんなものが校内に広がっていたとは。

不幸の手紙って、たしか、受け取ったら何人かにまわさなければ不幸になるとか、幽霊に呪い殺されるとか、なんかそういうやつだっけ。経験はないけれどマンガかなにかで読んだことがある。

見るの、いやだなあ。

でも、いちおうわたしも風紀部なので、見ないわけにはいかない。目を細めて画面を確認すると、メールの受信一覧が表示されていた。『件名なし』というメールが数十通並んでいるのがわかる。けれど、すべてメールアドレスが違っている。

「すごいだろ、これ。内容全部同じなんだけど、先週からずーっと届いてるんだよな。めんどくさくなってもう開きもしてないけど」

も、もしかして。

睦月くんはわたしのメールをまだ見ていないのでは。

たしかわたしのメールも『件名なし』になっていた。おまけに彼とアドレスの交換はしていない。この画面からわたしのものを見つけ出すのは至難の業だろう。

こうしているあいだにも同じようなメールがポンポンポンッと数件届く。

「変なメールが広がりはじめてるって聞いて、先週届いたやつに転送してもらったんだけど、同じタイミングで俺にも届いたんだよ。しかもほかのやつは一通だけなのに、なんでか俺のところにはひっきりなしに送られてくるんだよなあ」

ほっとしていいのか、それともがっかりすればいいのか。はたまた焦ればいいのか。

よくわからなくなったので今は風紀部のことに集中してみる。

睦月くんは、今しがた届いたメールを開封して読み上げる。

「えーっと『睦月くん　あなたを呪ってから一週間がたちました　わたしは睦月くんのことが好きです　なので、あなたを不幸にさせてもらいます』だってよ。微妙に前と文章がかわってるな。他のは最後に『これを三人に転送するように』って書かれてたし」

……なにその文章。

わたしの送ったメールとめちゃくちゃ似てるんですけど……。盗作ですか。この場合わたしが盗作したことになるんですかね。

もう、なにも考えたくない……もうやだ、なにこれ。

「どうかした？」

「ナンデモナイデス」

白目を剝《む》いて意識を飛ばしたくなるのを必死に我慢しながら返事をした。

「とりあえず、これが被害者一覧」

「被害者……」

睦月くんはメール画面を閉じて、今度は Excel のデータを開く。

そこには数人の名前と学年がのっていた。

「ここ半月ほどで怪我をした生徒。龍から今もらった」

「どこでそんなものを手に入れるの」

「さあ？　生徒会の情報網じゃねえの？　噂によると隠密《おんみつ》部隊がいるらしいし」

この学校はなにやら普通ではなかったようだ。なんなの隠密部隊って。

「まあ俺も小耳に挟むしな。これでも風紀部として、まわりの様子は気にかけてるし」

たしかに、睦月くんは友だちが多い。困ったことを相談する人もいると聞く。

いち、に、さん、と数えて、十二人。会長と睦月くんはこの件を知っていたとはいえ、そこまで噂になっていないから、三人くらいだと思った。

「この人たち、みんなそのメールを受け取ってるの？」

「たぶん。でも関係ないのもあるかもしれねえから、それを調べるんだよ」

なるほど、と思ったところで益田くんの名前があることに気づいた。そういえば手首にサポーターをしていたっけ。

あれは、不幸のメールのせい？

「たまたまかもしれないし、全員たいした怪我じゃないんだけどな。でも、数日後には大騒ぎになるかもしれねえだろ。龍に貸しもできるしな」

最後のが本音だろうな、とにやりと笑った睦月くんを見て思った。

っていうか、いや、ちょっと待って。

「これ、睦月くんにも届いてるんだよね？」

「まあな。今のところ俺は元気だけど」

はっとして訊《き》くと、睦月くんはあっけらかんと答える。

「やばいよ！　あの数は尋常じゃない恨まれかたしてるよ。なにしたの？　心当たりないの？　ありすぎてわからない感じなの？」

「小夜子、俺のことそんなふうに見てたのかよ」

ぶはは、と笑われた。

いや、自覚あるでしょ。人気の陰には絶対黒いなにかが潜んでいるのだから。睦月くんの場合それが顕著に現れる。山崎くんみたいに、嫌っている人もけっこういるはず。もしや山崎くんが……と思ったけれど、美化部のあの彼が、こんなものを信用するとは思えない。

「でもまあ、なにが原因かわかんねーし。これが人為的なものなのか、それとも本当に呪いなのかも」

呪い。

声に出さず口だけ動かす。

まさか、そんな非現実なことが実際にあるわけ、な、ない、ないはず。

「とりあえず、事実確認だな、まずは」

睦月くんはそう言って、部屋のすみにあるプリンターを起動し、被害者一覧とメールを出力した。そして、

「明日《あした》までに、こいつらに話聞いてきて」

とわたしに丸投げをした。まごうことなき丸投げ。

わたしが聞き込みしているあいだ、睦月くんはなにをするんですか。

◇　◇

次の日も、相変わらずどんよりとした空が広がっていた。雨は降っていないものの、昨日よりも全体的に薄暗い。教室の中も、朝だというのに電気がつけられていて、学校という閉鎖空間がより際立つ気がした。

「放課後サヨひとりで作業させるために昼休みに呼び出したんでしょ、それ。クズじゃん。最悪じゃん」

学校に着いてメモをまとめていると、かさねが憎々しい表情で言った。

今日もかさねは不機嫌だ。まあ、わたしが睦月くんの話をするのがいけないのだけれど。好き好き言っていただけのころとは状況が違うので、睦月くん嫌いのかさねにはたえられないのかもしれない。

「……睦月くんにメールしたの、かさねじゃないよね?」

目の前に、わたしが知っている限りもっとも睦月くんを憎んでいる相手がいることを思いだし口にすると「あんなやつにそんな労力使うわけないでしょ」と一蹴《いっしゅう》された。

ですよね。極力関わりたくないくらいだもんね。それに、わたしのメールを見ていないことに不満そうなかさねがそんなことをするはずがないか。

「で、どうなったわけ?」

それでも、かさねもこの件は気になるらしい。

えーっとね、とプリントを確認する。

昨日の五時間目と六時間目のあいだに、一年生の男子ふたりと女子ひとりに話を聞きにいった。そのうち不幸のメールを受け取っていたのは男女ひとりずつのふたり。メールが届いたのは一週間前と十日前でバラバラだし、怪我をしたのもメールを受け取ってすぐだったり数日後だったりとこちらもバラバラだった。怪我は捻挫《ねんざ》や切り傷で、たいしたことではなかったらしい。

ふたりとも「やっぱり不幸のメールだったんだよ」と噂話に精を出すおばさんのよう

に目を輝かせていた。

その後、放課後にいつものように頼まれていた掃除当番を終えて、お弁当を食べてから、二年の男子ひとりに話を聞いた。その人もメールを受け取っていたらしいけれど「五人にメールを転送したから、このくらいの怪我で済んだんだ」と胸を張っていた。

その怪我というのは体育の時間の突き指らしい。

なんで五人なのかと訊くと、彼のメールには『一時間以内に五人にこのメールを転送した場合、不幸から逃れられる』と書かれていたようだ。

最後の一文は、ない場合もあれば、五人ではなく三人の場合もあるようだ。文章に相手の名前が入っていたりいなかったりもする。不幸のメールは、まだ文章が定まっていない印象を受ける。

そもそも彼らの怪我はメールと関係あるのかないのかも判断がつかない。

かさねも同じ気持ちなのか、「ふうん」とつまらなそうに言った。もっと派手なものを想像していたのだろう。

「あとは、今日の昼休みかな。放課後には終わってたらいいけど」

昨日はこんな調査をすると思わなかったから、いろんな頼みをすでに受けてしまい時間が足りなかった。お弁当が残っていたので体力があり、ついついほかの仕事を引き受けてしまったのも失敗だった。残り人数を考えると、今日は急がなければ。睦月くんに報告もしなくちゃいけないし。

「あいつにやらせればいいのよ。サヨがいなかったら自分でしてたんでしょ」

「でも、頼まれたしねえ」

かさねは「その性格を見抜かれたんだろうね……」と渋い顔をしてつぶやいた。奥歯が砕けそうなほど顎《あご》に力がこめられている。こわい。このまま万が一、睦月くんと風紀部としてやっていくことになるなら、かさねのこの睦月くん毛嫌い病の原因を知らなくちゃいけないな。かさねの奥歯のために。


放課後、クラスメイトから掃除当番をかわってほしい、と言われたのを断り、ついでにすれ違った日本史の先生に資料の片付けを頼まれたのも断り、おまけに去年同じクラスだった友人に今日休んだ子のためにノートのコピーを準備してほしい、と懇願されたのも断って、風紀部の部室に顔を出した。ピアスを落としてしまって困っていた一年生だけは見過ごすことができずに手伝ったけれど、十分ほどで見つかったのでこのくらいの遅刻は許容範囲だろう。

「で、どうだった？」

わたしを見て呆《あき》れたように笑う睦月くんは、おそらくなんでわたしが息を切らしているのかお見通しなのだろう。

なんだか恥ずかしい。乱れているであろう髪の毛をさかさかと整え、カバンから昨日のプリントを取り出した。そこに聞いてきた内容をメモしてある。

今日の昼休みに聞いたのは、三年生の男子三人と、二年生の男子三人と女子ひとり。

結論としては、十三人中十一人が不幸のメールを受け取っていた。

「でも……話を聞く限り不幸のメールが原因って感じでもなさそうだなって」

「怪我が軽いから？」

プリントを見ながら、睦月くんが訊く。

「それもあるけど、怪我をした人より、メールを受け取った人のほうが多い」

転送の指示が気になり、怪我をした人の友だちにも話を聞いてみたのだ。受け取ったけれど馬鹿馬鹿しいと無視した人も多かった。転送してなにごともなかった人もいる。

「転送の指示がない人のほとんどは、メールを受け取ったのが先々週だったから、誰かがそれに勝手に人数を足したんじゃないかな。不幸の手紙とかを参考に」

それが三人だったり五人だったりするのは、送った人の気まぐれだろう。

「なるほど」

「怪我も、メールが届いて不安になってそう感じただけ、みたいなものばかりだし」

カッターで指をちょこっと切ったとか、廊下で転んで膝《ひざ》をすりむいたとか、ドアに手を挟んだとか。家で火傷《やけど》をしたというのもあった。あと耳鳴りがして頭痛がするという人もいた。もちろん、どれも怪我（と体調不良）には変わりないのだけれど。

「不幸のメールのせいにするには、ちょっと弱いかなあと。送り主もみんな知り合いみたいだし。差出人が不明な人はいなかった」

わたしの話に、睦月くんは冴《さ》えない顔をする。この件は彼の〝なんとなくスイッチ〟をあまり刺激しないらしい。それでも、友人の生徒会長の頼みなのでなんとかしようとしている。睦月くんは友だち思い。心にメモをしておく。

「ただの遊びなんじゃない？」

「かもしれないけど、こんなもんが広がる時点でおかしいだろ。いまさらこんな一昔前のホラー映画みたいな不幸のメールを信じるか？」

そう言われると、たしかにそうかもしれない。

わたしがなにも知らずにこのメールを受け取ったとしても、ただの迷惑メールだと無視するだろう。いまどきSNSではなくメールというのもうさんくさい。

「益田は？」

「え？　ああ、捕まらなくって……」

もらった被害者一覧の中で、益田くんの欄だけは白紙になっている。

「昼休みにクラス覗《のぞ》いたときはいなくって。五時間目のあとも行ってみたんだけどトイレだとかで。放課後はもう部活行ったあとだったみたい」

「んじゃ、行くか」

すっくと立ち上がった睦月くんは、口の端を片方だけ緩く引き上げていた。

……え、なにその顔。

すごい悪人顔なんですけど。

「剣道部ってどこだっけ？」

「益田くんのところに行くの？」

「なにもないかもしれないし、なにかあるかもしれないし、なんにせよひとりだけ捕まらないのは気になるだろ」

ひとりくらいべつにいいのでは、と思うのだけれど。

「これでなんにもわかんなかったら、全員のメールを逆に辿《たど》るしかねえな」

睦月くんが心底いやそうに言った。想像するだけでなかなか大変そうだ。

剣道部の道場は部室棟から東校舎前に向かい、駐車場に沿って行かなければいけない。途中にある靴箱の傘立てから自分のものを取り出し、ぱんっと開く。

と、そこにするりと睦月くんがよってきた。

「な、なに！」

「え？　傘に入れてもらおうと思って」

「なんで」

「いいじゃん、ケチケチすんなよ。俺、傘差して歩くの嫌いなんだよ」

わたしを傘持ちみたいに使わないでほしい。

わたしの傘は芸能人がロケ中に差すような大きなものではないので、ふたりが入ると肩が濡《ぬ》れてしまう。となると、必然的に体を寄せ合わなくてはいけない。

睦月くんがぐいぐいと近づいてきて、そのたびに体を反らしてしまう。

やばい、心臓が死ぬ！

もういっそ傘を渡してわたしは濡れていたいくらいだ。

剣道部の道場に行くまでずっと、はわはわと口が半開きになってしまった。

「雨の日はなんかかゆくなるんだよなあ」

そう言って、睦月くんがばりばりと腕をかく。そこには、火傷痕《あと》があった。かなり広範囲のそれは、近くで見るとちょっと痛々しい。けれど、それも含めて睦月くんだなあと思う。出会ったときからその火傷痕を知っているからだろうか。彼は腕のあとは太ももかく。脚にも火傷の痕があるらしい。

眉間《みけん》にシワを寄せて、肌をさする睦月くんの横顔に思わず見とれる。

かゆくてつらそうなのに、懐かしむような、そんな不思議な表情だった。

「なに見とれてんの？」

「み、見とれて、ないです」

こちらを見ずに、ふっと意地悪な笑みを浮かべて言われてしまった。ぶんっと大きく顔をそらして真っ赤になっていることを隠す。

「くはは」

笑いをかみ殺したような声を発して、睦月くんは地面を軽い足取りで進んだ。歩くたびにぱしゃぱしゃと音が鳴る。雨を喜ぶ子どもみたいに。

体育館の隣には、剣道部用と柔道部用のふたつの道場がある。たしか体育館側が剣道部だったはず、とふたりで近づいていくと、どん、という床を踏みつける音と、「メエエン」とよくわからない叫び声、そしてパシッというなにかを叩《たた》く音がした。屋根の下に入って傘を閉じ、睦月くんに続いて中を覗いた。袴《はかま》に防具を着けた人たちがふたり一組になり向かい合って技を出し合っている。

「あ、いた」

わたしが見ている方向とべつの方向を見て、睦月くんが声を出す。視線を向けると、袴を着た益田くんが道場のすみで座っていた。そして、わたしたちを見て目を丸くする。

――と、同時に勢いよく立ち上がり、わたしたちを突き飛ばして走って出ていった。

「ま、益田くん？」

「追うぞ！」

は、はい！　と返事をして先に走りだした睦月くんを追いかける。

この状況、前にもあったような。

益田くんは体育館のほうに向かい、そのまま校舎の中に入っていく。雨に濡れないルートを選んでいたので、傘を差さずに走った。

なんで逃げるんだろう。もしかして、わたしが益田くんのクラスに行ってもいなかったのは、わざと避けていたからなのだろうか。

なんにせよ。

「絶対なんか知ってるな」

はっはっ、と息を切らせながら、睦月くんは笑みを含めた声で言った。たぶん、悪人顔をしていることだろう。背中しか見えないけれどそれはわかった。

東校舎の一階から二階にあがり、渡り廊下をとおって本校舎に入る。途中でまだ校内に残っていた生徒を押しのけるようにふたりは走り続けた。

自慢じゃないが、わたしは体力がない。おまけに相手は剣道部の益田くんと、なにをさせても人より優れている（と思われる）睦月くんだ。

必死に追いかけるものの、角を曲がってふたりが向かっていた階段にたどり着いたときにはどこに行ったのかさっぱりわからなくなっていた。

下か、それとも上か。

ぜえぜえと肩で息をしながら視線を上下に動かす。足音がしないだろうかと耳を澄ますけれどなにも聞こえない。

やばい、完全に見失った。

勘を頼りにとりあえずどこかに向かおうかと思ったものの、一度足をとめてしまったのでなかなか動く気になれない。体がずっしりと重い。

「まあ、なんとかなる、よね」

しばらく思案したものの、ひとり走り回っても体力を消耗するだけだと諦《あきら》めて廊下の壁にもたれかかる。三年生の教室が並ぶ二階でくつろぐのは気が引けるものの、今はもう無理。

　どこかの教室から声がして、三人の女子生徒が出てきた。へろへろになったわたしを一瞥《いちべつ》してなにかを話しながら背を向けて去っていく。わたしが風紀部だと知っているはずなので、風紀部がまた変なことをやっているのではないかと思ったに違いない。大当たりだ。

　幾分呼吸が落ち着いてきた。

　大きく息を吸い込み鼻からゆっくりと吐き出す。と、廊下の反対側にある階段から「きゃあ!」「なに!」という悲鳴が聞こえた。

　もしかして、戻ってきた?

　体を壁から起こして廊下の真ん中で仁王立ちしていると、すぐにふたりが走ってやってくる。後ろを気にしている益田くんが前を向いて、わたしの姿に気がついた。その瞬間、彼の速度が落ちる。睦月くんはそのタイミングを逃さなかった。

「ったく……校内で鬼ごっこさせんなよ」

　益田くんの肩をつかんだ睦月くんが額に浮かんだ汗を腕で拭《ぬぐ》う。益田くんは悔しそうに唇を嚙《か》んで、壁にもたれかかった。

「で、益田、お前はなにを知ってるんだ」

「……なにも」

「んなわけないだろ。じゃあなんで逃げるんだよ」

そのとおりだ。

ふたりに近づいて、益田くんの顔を覗《のぞ》き込む。いつも穏やかに笑っている彼は、鼻にシワを寄せて苦しそうな表情をしていた。

「益田くん、その、怪我のこと教えてほしいの。不幸のメールについて、も」

「違うんだ」

わたしの声を遮るように益田くんが発する。

「たまたまなんだ。たまたま、怪我をしただけなんだ」

「そのたまたま怪我をする前にもらった不幸のメールは、誰からもらったわけ？」

逃げないと判断したのか、睦月くんが益田くんから手を離す。

「益田、不幸のメールがどうやってはじまったのか知ってるんじゃないか？」

「……彼女は、悪くない」

やっぱり知っているんだ。

益田くんはそれを、言いたくなかったのか。

睦月くんは「でもさあ」と首をかしげてわざとらしく顎《あご》に手をあてた。

「今以上に大ごとになったら、その〝彼女〟はもっと立場が悪くなるんじゃねえの？今ならことを荒立てずにおさめられると思うけどなあ」

そうだ。

と、思いつつも、睦月くんが絡んでいる以上、どこか不安を抱く。すでに校内を走り回っているので、なにかあったことは明日には生徒のあいだに広まると思う。いや、もちろん睦月くんが悪いわけではないのだけれど。

益田くんもわたしと同じことを考えたのだろう。しばらく睦月くんに不信感丸出しの視線を向けた。

けれど、このままごまかすのは不可能だと判断したらしくゆっくりと口を開く。

「……二年の、藤堂《とうどう》」

睦月くんが〝誰だそれ〟と言いたげにわたしを見る。

「A組の女子で、華道部だったような、気がする」

去年長文読解の選択授業が一緒で何度か話をしたことがある。クールな顔立ちをしているけれど、とても気さくでやさしい子だった。わたしが消しゴムを忘れたとき、自分の消しゴムをふたつに割ってくれたのを覚えている。自習のときには、一緒に問題を解きながら話をしたこともある。

「前髪がなくって、髪の毛が長くって」

睦月くんに説明しながら窓の外を見る。

「あ、ちょうどあのくらいの長さで」

花壇の前にしゃがみこんでいる女子を見つけて指さした。透明のビニール傘越しに見える、真っ黒でつややかな長い髪。

っていうか。

「あれが藤堂さん」

本人だった。間違いない。華道部だから、なにか花を探しに来たのだろうか。

睦月くんは窓をがらりと勢いよくあける。その音が地上の藤堂さんにも聞こえたのか、
彼女は顔をあげた。睦月くんとわたしという風紀部の姿、そしてそばにいる益田くん。

その組み合わせになにかを察したのか、彼女が立ち上がり踵《きびす》を返す。

え、また逃げるの？　また走るの？　マジで？　もう無理なんですけど。

どっちにしろここからでは今から追いかけても追いつけない。

おろおろと睦月くんのほうを見ると、彼は窓に足をかけていた。

「逃げんな！」

そう叫び、窓に飛び上がる。

え、え、え？　ま、まさか？

「待て！」

ぎゃあああああ！

飛び降りたあああああ！　ここ二階なんですけどー！

「心臓が！　とまるかと！　無茶苦茶じゃない！」

部室で睦月くんに声を荒らげる。人を叱りつけるのは生まれてはじめてだ。

「まあまあ、なんともなかったんだし」

「それは運がよかっただけ！」

持っていたらしいフェイスタオルで髪の毛をわしゃわしゃと拭《ふ》きながら、睦月くんはへらへらと笑う。大怪我をするところだったというのに、まったく危機感がない。見ていたわたしは肝を冷やしたというのに！

「ほんと、無茶苦茶だよ、睦月」

そばにいた益田くんは呆《あき》れている。その隣では藤堂さんが居心地悪そうに体を縮こませて座っていた。

二階から飛び降りた睦月くんは素晴らしい着地を見せて、そのまま藤堂さんを捕獲した。そして益田くんとともに風紀部の部室に連れてきた。濡《ぬ》れたままでは風邪を引くし、落ち着いた場所で話したほうがいいと思ったからだ。

「で？」

わたしの怒りがまったく届いていない睦月くんは、ふたりを交互に見て話を促した。

じっと黙っている藤堂さんを一瞥して、先に口を開いたのは益田くんだった。

「……あの不幸のメールの発端は、おれが藤堂から受け取ったメールなんだ。でも、文面は今広まっているようなもんじゃなかった」

益田くん　あなたにふられてから一週間がたちました

わたしは今も益田くんのことが好きです
なので、これからも好きでいさせてください

益田くんが教えてくれたメールは、不幸のメールと文章は似ているものの内容はまったく違っていた。

藤堂さんは益田くんのことが好きだったらしい。そして益田くんはそれを断ったらしい。そんな恋バナにちょっと胸がキュンとなる。切ない。それでも好きでいさせてって、めちゃくちゃ切ない。でもピュアだ。藤堂さんにこんな一面があったとは。

「それを、友だちに見られて……その、こわいって言われたんだ」

藤堂さんはショックを受けたかのように体を小さく震わせた。

それはひどい。最低だ。

「その日の放課後に、おれが手首を捻挫《ねんざ》したんだ。友だちにカバンを投げて渡すように言って、受け取ったときに。それを見て、あのメールのせいじゃねえのって」

「それだけじゃない！」

なるほど、と納得しかけたとき、藤堂さんが立ち上がって怒鳴った。

「益田くん、あのメール友だちに転送したわよね？　そのせいで私は男子にこそこそ笑われて……それで！」

益田くん　私はあなたを許しません
あなたなんか　不幸になればいい

藤堂さんは、益田くんに二通目のメールを送ったらしい。

運悪く、そのメールが届いた直後に、彼はまた同じ手首を痛めたらしい。メールに動揺して机にぶつけてしまったという、些細《さ さい》なことが原因で。そして、それを笑った友だちも階段から落ち足首をひねったそうだ。それで、これは間違いなく不幸のメールだと仲間内で騒ぎになったとか。笑っていて足下を見ていなかっただけだというのに。

その男が、二通のメールをミックスさせて今広まっている不幸のメールを作った。というのが真相だ。

なんってくだらない！　誰だその余計なことをしまくったやつは。

「私の気持ちを、あんなふうにみんなで笑いものにするなんて」

目に涙をためて、藤堂さんが声を絞り出す。ごめん、本当にごめん、と益田くんが何度も頭を下げていた。

「惨めで悔しくって。益田くんなんか、好きにならなきゃよかった」

歯を食いしばり、藤堂さんは項垂《うなだ》れる。

「こんな思いをするなら、好きになりたくなかった」

睦月くんはタオルを頭にのせたまま、頬杖《ほおづえ》をついてふたりを眺めていた。完全に傍観者で、まるでドラマか映画を観るような無の表情をしている。

「こんな気持ちになるために、好きになったわけじゃないのに」

「……ごめん」

今日何度目かわからない謝罪を、益田くんは繰り返す。

こんな気持ちになるために、好きになったわけじゃない。脳内で藤堂さんのセリフを繰り返す。なんて、悲しい言葉なのだろう。でも、わたしも脳裏に浮かんだことや、軽く口にしたことがあるかもしれない。

雨音がさっきよりも強くなり、窓をバチバチと叩《たた》いている。まだ暗くなるには早いのに、ダークグレーの空がわたしたちを包み込んでいた。そのせいで、部室が暗い。そのせいで、空気が重い。

「私のメールが不幸のメールなら、益田くんなんてもっと不幸になればいいのよ！　私の気持ちを味わえばいいの――……に」

気がつけば身を乗り出して、わたしの手が、彼女の口元に伸びていた。同時に、わたしの座っていたイスが音を立てて倒れる。

「だめだよ、藤堂さん」

ひどく顔を歪《ゆが》ませている藤堂さんを見ていると、わたしまで泣きたくなってくる。

長い髪の毛に、一重でやや吊《つ》りあがった目元、薄い唇。クールな彼女のことを、わたしははじめて見たとき、ちょっとこわいなと思った。

でも。

――『好きな人、いる？』

――『いいよね、楽しいよね』

選択授業で自習だったとき、彼女はそう言って笑っていた。

机をくっつけて、与えられたプリントを一緒に解いていたときだ。そこではじめてわたしは藤堂さんと世間話をした。問題は恋人のことを語る彼の一人称の文章だった。先生が最近読んだらしい海外小説から抜粋したものらしく、主人公の男は彼女のことをとても愛しているような話だった。

それを訳して、藤堂さんは言った。

こんなふうに好きな人に想われたいよね、朝桐さんは好きな人がいる？　楽しいよね、と。目を細めて幸せそうに微笑みながら。

素敵な笑顔をしていた。あのとき思い描いていた相手は益田くんだったのだろう。

なのに、そんな顔で、そんな呪いの言葉を吐いちゃだめだ。

「好きになったことを、そんなふうに思わないで」

ゆっくりと彼女の口元から手をおろす。

「苦しいこともいやなこともつらいこともたくさんあって、それで後悔することもあるかもしれない」

わたしにもある。いつまでたっても告白できない自分の意気地のなさにへこんでやめたくなる。彼と仲のいい高峰さんに身の程知らずとわかっていながら嫉妬《しっと》もしてしまう。

風紀部になって彼と近づけたけれど、複雑な心境だ。

「でも、幸せなときもあったでしょう？」

いろんな状況があるから、そして人の気持ちは人それぞれだから、すべての恋が等しく美しく、正しいものであるとは言えない。

でも、誰だって恋をしているときに感じた気持ちは、とっておきの特別なもののはず。

幸せなときも、満たされたときも、必ずあったはず。たとえそれが一瞬でも。

「そのときの気持ちごとゴミ箱に捨てるみたいなことは、もったいないよ」

「じゃあ、なんとかして」

「――え？」

なんとか、とは。

「不幸のメールを、なんとかして。いい思い出に、塗り替えて」

藤堂さんは歯を食いしばり、悔しそうな顔をする。そしてゆっくりと、小さな声で益田くんに告白してからの気持ちをこぼした。

ふられても、好きだった。それがそんなに悪いことなの？　益田くんも片想いなら、私も片想いを続けたっていいじゃない。なのに、私のメールを友だちと笑いものにして、怪我まで私のせいにされて。憎みたくもなるじゃない。いつの間にか不幸のメールが勝手に広まって、私のせいだと知らない人にも責められたらどうしようって。今日はなんともなかったけど、明日《あした》にはもしかするとって考えちゃうし、どこまであのメールが広がるんだろう、本当に私のせいでみんなが怪我しているのか、とかずっと、こわくて。毎日ずっと憂鬱《ゆううつ》で、もういやなの。

「今のところあんたのメールがはじまりだと広まってる感じはしないけど」

しばらく空気になっていた睦月くんがさっきと同じ体勢で言った。

その言葉に、藤堂さんがほっと息を吐き出したのがわかった。

「おれも、友だちには口止めしてるから、それは、大丈夫だと思う」

益田くんも藤堂さんを安心させようと必死な口調で言った。今まで怪我をした人から藤堂さんの名前が一度も出なかったのは益田くんのおかげもあるのだろう。

「まあ、いつそれが広まるのかは知らないけど」

「む、睦月くん！」

なんでそんなことを言うの！

「人の口には戸が立てられない、って言うじゃん。いつかは誰かが言い出すよ。人のメール見て笑って不幸のメールに仕立て上げるようなやつだろ。絶対しゃべる」

「いや、いやいやいや、睦月くん、デリカシーどこに捨ててきちゃったの？」

そもそも生まれたときからお持ちではないのか。

断言されると、わたしまでそんな気持ちになる。

あわわ、と藤堂さんをおそるおそる見ると、今まで必死に我慢していた涙がぶわっとあふれだしていた。そして、うわーんと叫びながら机に突っ伏してしまった。

藤堂さんの号泣に、わたしと益田くんはおろおろすることしかできなかった。

「そこで」

睦月くんが、ぱちんと指を弾《はじ》いた。

「小夜子に頼みがあるんだ」

わたし?

目を瞬《まばた》いて、自分の顔を指さす。


「小夜子のせいにしたいんだけど」

にっこりと、睦月くんが微笑んだ。

わたしのせいっていうのは、不幸のメールの発端を、ということだろう。

「いいよ」

「なんでだよ!」

あっさりと答えると、小気味いいほど切れのいい突っ込みが益田くんから入った。

「え? なんで? わたしのせいにしたら藤堂さんを守れるじゃない」

「そ、そうだけど、でも、朝桐のせいじゃないだろ。それならおれのせいに」

「それは無理があるだろ」

益田くんの提案を、睦月くんが一蹴《いっしゅう》する。そしてイスの背もたれに体重をかけ説明をはじめた。まず、益田くんでは無理な理由。

「益田の友だちは、益田が受け取ったのを見たわけだから。誰に一番信じてもらわないといけないかというと、その馬鹿なお友だちだ」

たしかに。

藤堂さんの名前が広がるとしたらその男子たちからだ。彼らは、益田くんが藤堂さんからメールを受け取ったのを知っている。益田くんの自作自演でした、と言ったところで、藤堂さんをかばっているだけとしか思ってもらえないだろう。

睦月くんは、まだ濡《ぬ》れている前髪をいじりながら続ける。

「ふたつめは、小夜子なら断らない」

……それを理由にされるのはどうなのか。

でも、間違ってはいない。

「いや、だからって朝桐は関係ないじゃないか」

「みっつめに、小夜子は風紀部だ」

睦月くんは、自分の作った風紀部が生徒たちからどう見られているのかを十分理解していたようだ。つまり、変な風紀部に所属する、おそらく変であろうわたしなら、そういうことをやりかねない、と思われるだろう、と。そういうことか。

「でも、そう簡単に信じてくれるかな？　わたしが自らあのメールはわたしが送ったんですよーって言いふらすの？　あからさますぎてうさんくさくない？」

「そこで、益田の馬鹿友だちを利用するんだよ」

睦月くんの頭の中にはすでにシナリオができているらしい。彼のことだから、きっとなんとかするのだろう。相変わらず悪人顔ではあったけれど信用ができた。

誰かのために動く彼は、その目的を必ず達成させる。

「朝桐さん、さすがにそれは、そんなこと」

驚きのあまり涙がとまってしまったらしい藤堂さんが、わたしを見た。

「大丈夫、気にしないで。誤解されて困るほどの人付き合いはないし、藤堂さんが安心して過ごせると、わたしも安心するから」

ね、と目を細める。

そばにいた睦月くんが、小さな声で「これで龍に恩が売れるな」とつぶやいた。

……まあ、一件落着できるなら、いいけど。

◇　◇

「本当に、よかったのか？」

昨日とは打って変わって、快晴が広がる今日の放課後。益田くんのクラスによって用事を済ませて廊下を歩いていると、そっと益田くんが近づいてきて言った。

ついさっき、益田くんの例の友だちに不幸のメールを広めたのはあなたなのかと、耳打ちをしに行ったのだ。通りすがりに彼に近づき、低い声で。当然、友だちはなにが？と言いたげな顔をした。そこで多くを語らないのがいいのだ、という睦月くんのアドバイスどおり「偶然とはいえ、あれはわたしのメールなの」「これ以上広めるなら今度は階段からじゃなくて――」と言って背中をぽんっと軽く押す。

それだけで、彼は顔を真っ青にしていた。

もちろんそれだけでは弱いので、ここで益田くんの出番だ。実は、あのメールのことを先輩から聞いたんだとかなんとか言って、藤堂さんのメールよりも先に存在していたことを伝えればいい。それが、藤堂さんのメールから友だちが作り上げた不幸のメールと、酷似していた、と。ついでに、同じ中学校出身の益田くんに、わたしは昔からまじないごとに凝っていたとか、怪しげな印象を与えてもらう。

藤堂さんの恋心がこもったメールを不幸のメールにしたのは友だちだ。

――もしかして、オレのせいで。

そんなふうに思ってもらえればいい。そしてそれは信じてもらわなくてもいい。〝かもしれない〟と頭の片隅に残ることができれば、それでいい。人のメールを笑うような、軽い怪我で呪いだと騒ぐような、調子乗りの彼はそれだけで牽制《けんせい》できる。

ついでに、わたしは今日一日かけて話を聞きに行った被害者の人たちに「もう大丈夫ですよ」とわざわざ伝えに行った。なんでそんなことが、とか、そんなの信じられない、と言われても気にせずに。そして最後に、「わたしのメールを遊びに使うなんて」と舌打ちまじりにつぶやく。そうすれば、彼らも引っかかりを覚える。

それが睦月くんの書いたシナリオだった。

「わからないものは、勝手にストーリーを組み立ててくれる。大抵それは、リアリティのない、ドラマティックな方向に――って、ね」

睦月くんのセリフを引用して益田くんに伝えると、彼は困ったように笑った。

「朝桐は、本当に頼まれたら断れないよな」

「え？　あー、そうかなあ」

断れなかった、のだろうか。あのときの自分の気持ちに迷いはなかったのだけれど。

「っていうか、益田くんが告白されていたなんてびっくりしたよ。でも、中学からモテてたもんね」

話をかえようと、明るい声で益田くんに言う。彼は「え」と体を小さく反応させてから「そんなことないけど」と気まずそうに目を伏せた。

「でもなんで断ったの？　メールが届くってことは藤堂さんと仲良かったんでしょ」

「友だちの友だちで、何度か一緒に遊んだことがあるから。告白されるまでは仲のいい女友だちのひとりって感じだったかな。でも、本当にそれだけだから」

最後の言葉をやたらと強調した。

友だちとしてしか見ていなかったから、ということだろうか。あんなに素敵な女子でも、恋というのは難しいものらしい。ときに、好きな人を憎んでしまうくらいに。

「それに、おれ、好きな子がいるんだ」

「あ、そっかあ……それじゃあ、仕方ないねえ」

益田くんにそんな相手がいたとは。

藤堂さんもそんなことを言っていた。片想いなんだっけ。益田くんが片想いだなんて。告白したらすぐにうまくいきそうだけれど、そうでもないのだろうか。そう思うと、わたしの片想いというのはそうとう無茶なような気がしてくる。いや、もともと期待はしていないけれど。いや、期待はしたいけれど。

恋心は、難しい。

「応援してるね」

笑顔で言うと、彼は片眉《まゆ》だけを歪《ゆが》ませて微笑してから「ありがとう」と答えた。

彼の恋は、うまくいきますように。心からそう思う。

益田くんと別れて外に出て部室棟に入り、風紀部の部室を目指す。とりあえず今日の報告を睦月くんにしなければ。

けれど、部屋の中に彼の姿はなかった。机の真ん中に電源の入っているノートPCがぽつんと置いてあるだけだ。ということは、一度はここに来たのだろう。そして、おそらく戻ってくる。

どこに行ったんだろう、とイスに座りちらりとPCの画面を覗《のぞ》き見た。そこには、未開封の〝件名なし〟という、不幸のメールがずらりと並んでいる。ただ、なぜか昨日の夕方が最後で今日は新たに届いていないようだった。次第に不幸のメールは落ち着くだろうけれど、昨日の時点でとまっているのはどうしてだろう。

見ちゃいけないのに、不思議に思いじっと見てしまう。

なんでだろう。たまたまだろうか。首をかしげて考えるものの、答えはわからない。

そのかわり、大事なことを思いだす。

わたしの、誤送信メール！

このままでは……いつか睦月くんが見てしまうかもしれない。未開封のメールをまるっとゴミ箱に入れて削除してくれたらいいけれど、なにかの拍子にわたしのあのメールを見てしまう可能性もないとは言い切れない。

いまさらあんなもの見られたくない！

不幸のメールをパクったみたいな告白メールなんて、最悪だ！

やばい、やばいやばいやばい。

「ご、……ごめんなさい！」

ぐるぐると悩んでから、誰もいない部室で手を合わせて叫ぶ。そして、PCに触れた。

タッチパッドでカーソルを動かし、受信メールを遡《さかのぼ》る。日付からおととい私が誤送信をした時間のメールを見つけ出した。確認のためにそれを開くと、直視するのも恥ずかしい、まぎれもないわたしの告白メール。

なんなのこれ！　見つからなくてよかった、ほんとよかった！

即行 Delete キーを押して、抜かりなくゴミ箱フォルダも空にした。あぶない、マジであぶない。ほっと胸をなでおろして背をそらした。その瞬間。

「あれ？　小夜子」

「はいいいい！」

サカナが水をもとめて跳ねるみたいに、体が飛び上がった。

「なに、俺までびびるだろ」

「そんな平然とした顔で言われても……」

「俺はポーカーフェイスだからな」

ばっくんばっくん暴れる心臓に、声が震えそうになるのを必死でたえる。

「無事いけた？　なんとなくみんな信じてくれたんじゃねえの？」

「あー、うん。たぶん大丈夫だと思う」

「あとは龍が生徒会総出ではっきりと否定するらしいから、じきにおさまるな」

よかったよかった、と睦月くんがどすんとイスに座った。

あの王子様が「くだらない」とか「馬鹿馬鹿しい」と侮蔑《ぶべつ》をこめた目で言い放てば、みんなあのメールのことは気にしないだろう。今まで信じていたことも恥ずかしくなるに違いない。わたしなら土下座してしまうかも。

「ほんとめんどくさい内容だったな。もうこういう秩序を守るみたいなのはお断りだな」

風紀部ってそういう秩序を守るものなのでは。

はあ、と間抜けな返事をすると、「俺らが絡まなくてもあんなもん、遅かれ早かれ消えてたと思うけどな」とPCを目の前に引きよせた。さっき勝手に触ってしまったので、やましさに目をそらす。

「どうせすぐ飽きるんだよ。俺が風紀部でしたかったのはこういうことじゃねえのに。もっとこう、人を助けることがしてえんだよ」

人を助けるとは。

それって風紀部なのだろうか。人助け部とかのほうがわかりやすいのでは。いや、でも、いじめとかそういう問題のことを言っているのかもしれない。

「それでも協力したのは、会長に貸しを作りたかったから？」

「あいつに貸しは百個以上あるから、べつにどうでもよかったんだけどな」

貸しではなく弱みなのでは。

「じゃあ、生徒会長のために？　それなら人助けになったんじゃないの？」

「は？　俺が龍のためなんかにこんなことするわけないだろ」

なんかとは。

ひどい言いようだ。

「俺がいなくってもあいつならうまくやるよ。めんどくさいから俺に押しつけただけ。さっきも『ごくろう』だとよ、喜びもしねえ感謝もしねえ」

「じゃあ、なんで引き受けたの？」

睦月くんを見る限り、〝なんとなくスイッチ〟が入ったようにも見えなかった。いや、わたしを不幸のメールの発端にするという話になったときは楽しそうだったけれど。あの瞬間はスイッチがオンになっていたと思う。

素朴な疑問に、睦月くんは「は？」とわたしを見て不思議そうな顔をした。

「あのまま放っておいたら、小夜子にもメールが行くかもしれねえだろ。怪我はしなくても、気分よくねえじゃん」

睦月くんの言葉を理解するのに、数秒。

そして、顔が赤面するのに、コンマ二秒。

そういうことを、不意打ちで言うのは――ずるい。

うれしい。それは、わたしが睦月くんのことが好きだから。

この気持ちにかわるものはどこにも存在しない、と思う。睦月くんを好きなことで困ることもたくさんあるけれど、やっぱり、この感情は特別で、別格だ。

もし、睦月くんに告白してふられても、もう二度と話すことがなくなっても、この瞬間を大切にして、いつまでも覚えていたいと、そう思う。

「この不幸のメール、日に日に文章かわってたのか」

PCを眺めながら睦月くんが言ったので、うん、とよく分からない返事をする。

「どうかしたか？」

「ナンデモナイデス」

今回のメールも不発で終わってしまった。けれど、わたしはいつか必ず睦月くんに告白する。そう決めた。

でも、もう少しこの関係で、この複雑な恋心を胸に抱きながら、彼に振り回されるのも悪くないかもしれない。

どうやら、親しくなればなるほど告白の決意は鈍るらしい。

……わたしは、本当に告白できるんだろうか。

第3章　わたしの思い出はなくならない。

深夜のロックチャンネル　DJ　MoMoさん

こんばんは、毎週ロクネルを聞いている高二男子です
その中で『運命の出会い』コーナーが好きです

そんな僕の運命の出会いは、去年です
高校一年の一学期、人付き合いで落ち込んでいた僕に
校内でも人気の同級生が言ってくれました

『人のためじゃなくて、まず自分のために生きたら?』

その出会いをきっかけに、僕は彼と同じ風紀部部員になりました
彼のおかげで、今の僕は毎日楽しく過ごしています
彼との出会いは、僕にとって運命でした
ラジオネーム　風紀部副部長

昼間の暑さがまだ残っているような蒸し暑さに包まれている深夜。

今日はなかなか大変な一日だった。放課後はなんの用事もなかったはずなのに、気がつけばあれこれ頼まれて、学校を出たのは六時半。叔母《おば》さんの家によって小学生の双子とともに帰宅してから、晩ご飯を食べて、双子を順番にお風呂《ふろ》に入れる。

それだけならいつもどおりだったのだけれど、九時前に母親が仕事で失敗をしたと落ち込んで帰ってきて、お酒を用意し話を聞いてあげた。その最中になにやらいいことがあったらしい父親が帰ってきて、母親の失敗を笑い飛ばしたせいで喧嘩《けんか》が勃発《ぼっぱつ》した。それに焦った双子をなだめ、なんとか落ち着いた――と思ったらお酒に酔った姉が帰宅し

てきたのだ。追い打ちは『ネクタイがねえ！』という兄からの電話。恋人からもらったもので、箱のまま置いていたらしい。本来なら兄のひとり暮らししている家のことなど知らないが、月に数回お小遣いをもらって掃除と作り置きのご飯の準備をしているのでわたしに泣きついてきたのだ。ネクタイのことはわからないが、ありそうな場所を考えて伝えてあげた。彼女からのものならば自分で管理をしてほしい。

十一時すぎにお風呂を済ませてやっと一息。せっかく体を洗ったのに汗ばんでくるのでエアコンの除湿ボタンを押した。

さあ、あとは寝るまでゆっくり過ごすか。と思った、そのとき、なんとなくつけていたラジオから、わたしの記憶にある光景が文章になって聞こえてきた。

「は？」

素《す》っ頓狂《とんきょう》な声が漏れる。

なにが起こっているのかわからず茫然《ぼうぜん》としていると、手にしていたスマホが軽快な着信音を鳴らした。かさねの名前を確認し、通話ボタンをタップする。

「盗まれた……」

開口一番そう言うと、かさねの「は？」という声が聞こえてきた。

「……わたしの思い出を、わたしじゃない人が、わたしのフリをしているような、でもしていないような、そんな感じで語ってるんだけど」

出窓に置いてある、ラジオの流れるスピーカーを見つめる。ふらふらと近づいて耳を澄ますと、DJは「男の友情ですかねー、いいですねー」と当たり障りのないコメントをして、ほかのメッセージを読みはじめた。

「サヨ？　生きてる？　なに言ってんの？」

かさねの声は聞こえているけれど、返事ができない。

一年前の一学期。中庭。あらわれた男の子。そして。

――『俺は、俺のために生きてるからな』

セリフは違うけれど、彼があのとき言ったものと通じる部分がある。なにより、風紀部という単語が入っている時点で間違いない。こんな偶然があるはずがない。

誰かが、意図的に、故意に。

「わたしの思い出がパクられた！」

このエピソードは、わたしと、睦月くんの出会いだ。

◇◇

なんだかんだで、約九時間後――。

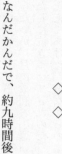

「誰かがわたしの思い出を盗んだの！」

ばんっと机を叩《たた》いてかさねを見下ろすと恋愛小説を読みながら「ふうん」と素っ気ない返事をされた。そして、目線すら合わせず「なんのために」と言葉を続ける。

親友のこの一大事にその対応はどうなのか。でも、目的はわたしにも不明だ。

「無視しとけば？　べつに実害があるわけじゃないでしょ」

「大ありだよ！　だって、わたしの大切な瞬間なんだもの」

誰かがわたしの思い出を自分のことのように語っただけ。それだけのことと言われたらそれまでだ。かさねの言うように、わたしがこれによって被害を受けるわけではない。

それでも。

「わたしの過去を、土足で踏みにじられたみたいな気分なの」

誰にも見られないように触れられないように、厳重に保管していた繊細で世界中のなによりも美しいガラス細工を盗まれた気分だ。いや、違う。なくなったわけではない。粉砕されて、その上から踏みつけられたような。そこにくっきりと、誰かの足跡が残されているような。黒い影に、目の前で憫笑《びんしょう》されたかのような。

傷つけられた、というのとは違う。

悲しい、とも、悔しい、とも少し違う。

喪心、が一番近いかもしれない。そして、今のわたしは憤慨している。

「わたしの思い出は、わたしのものなのに」

ぐっと拳《こぶし》に力をこめる。

「わたし、絶対に犯人を見つけてやる！」

宣言するわたしに、かさねが「思考が睦月に毒されてる」と言って舌打ちをした。

机にノートを広げて、かさねの手にしている小説を奪う。なにすんのよ、と言いつつも、かさねは仕方なさそうにわたしに向き合ってくれた。

「なんでわたしのあの話を知っているか、から犯人にたどり着けないかな」

「その盗まれた思い出って、睦月と出会った日のことだっけ」

そのとおり、とわたしはノートに〝出会い〟と大きく書いた。


あれは、去年の一学期のことだ。まさしく昨日、ラジオに投稿されたものと同じ時期。そのころのわたしは、ラジオの投稿と同じように人付き合いに悩んでいた。

わたしは、人の頼みを断れない。

両親は大学教授と広告代理店の営業で、ふたりとも仕事が忙しく、平日の帰宅は遅いし休日出勤も多い。兄と姉はいるけれど、自分のことはできるだけ自分でするというのが我が家のルールになっていた。その後、わたしが小学生になると双子の弟と妹が生まれて、あまりのかわいさにわたしは至れり尽くせりでふたりの世話をするようになった。いつの間にかその振る舞いが染みついてしまい、今では家族全員にあれこれと頼まれる立場になっている。家事は好きなのでそれを苦に思ったことはない。

けれど、それは家だけではなく外でも同じになった。

なにを言われても、大抵のことなら引き受けてしまう。掃除でも、日直でも、中学時代なら委員会をかわりに出席したこともあり、一時期は半分以上の委員の仕事を任されていたくらいだ。わたしの手帳には毎日用事がぎっしり入っていた。

電車でお年寄りに席をゆずるとか、大きな荷物を持っている人がいれば手伝うとか、泣き叫んでいる赤ちゃんに母親が途方にくれていたら手を差し伸べるとかは、ほめられる。けれどむやみやたらと手助けすることはいいこととは限らないらしい。

それを知ったあとも、わたしはかわることができなかった。だから、高校に入ったらなんとかもう少し、そのお人好《ひとよ》しを自制しようと思っていた。

けれど。

「……あった！」

中庭で草むらから手を引っこ抜き、叫ぶ。手のひらには、小さな石のついている華奢《きゃしゃ》なブレスレット。それは、ずいぶん傾いてしまった太陽の光を反射させた。

先生から用事を頼まれ、用事を終わらせて教室に戻ろうとしているときだった。女子三人組が床を見ながら「ないよ」「どうしよう」「やばい」と困った顔で歩いていた。その中のひとりが、今にも泣きだしそうに顔を歪《ゆが》ませていて、見過ごせずに声をかけた。

どうやらつき合ったばかりの彼にもらったブレスレットをなくしてしまったらしい。

大丈夫、わたしも一緒に捜しますから！

そう言って彼女たちを手伝いはじめ、かれこれ一時間。校舎を出て中庭の、ベンチの近くの草むらからこうして見つけ出すことができた。おそらく立ち上がったときにでも、枝に引っかけてしまったのだろう。チェーンのホック部分が壊れてしまっている。けれど、これならすぐに直せるはずだ。

渡しに行こう！ と踵《きびす》を返すと、体育館前を歩いている女子に気がついた。このブレスレットを捜していた子だと、声をかけようと足を踏み出しかけたとき、「もういいの？」とその女子の隣にいた子が言った。すると、

「どうせ安物だし、今度彼氏にもっといいやつ買ってもらうことにするわ」

と落ち込んでいたはずの女子が笑った。

「でもショックだから今からアイス食べに行こー」

わたしが握りしめているブレスレットは輝きを失って価値がなくなる。同時に、わたしも。校門に向かっている彼女たちは、わたしのことをきれいさっぱり忘れていた。

「……これ、どうしようかな」

きれいだと思ったブレスレットが、ただのガラクタに見えてくる。それでも、誰かが彼女のために買ったものだと思うと、捨てるわけにはいかない。せめて学年やクラスを聞いておけばよかった。

――『なんでそんなにお節介なの？』

――『利用されてるだけじゃん』

何度も言われたセリフが、鼓膜を響かせる。そんなはずないのに、今も誰かがわたしにそう言っている。

「それ、俺が返しておいてやろうか？」

「え？」

突然の声に、ぱっと顔をあげる。どこから聞こえたのかわからずきょろきょろしていると、「こっちこっち」と背後から手を叩く音がした。振り返ると、東校舎の窓からひとりの男子がわたしを見ていた。

話したことはないけれど、猫騒動で彼の存在は知っていた。あの、睦月くんだ。

「さっきの、誰か知ってるから」

体育館のほうを指さしたので、三人組のことを言っていることに気づく。

この人はいつからここにいたのだろうか。わたしが彼女たちの捜しものを手伝い、結果わたしの存在を忘れ去られたうえに、さほど大事でもなかった、ということを彼は察しているのだろう。なんとなく、かっこ悪くて決まりが悪い。

じゃあ、と彼に近づこうとすると「いいよ」と彼が言った。なにがいいのか、と視線をあげると、彼は開け放たれた窓のフレームに片足をのせる。そして、ふわりと体を持ちあげ、ひょいっと中庭に出てきた。

重力を感じない軽々としたその動作に、惹《ひ》きつけられた。

彼は、不思議な空気をまとっていた。彼が人気なのは、人目を集めるのは、こういうところなのだろう。これが〝魅力〟と呼ぶものなのかもしれない。

「あんた、人助けが趣味なのか？」

わたしの目の前にやってきた彼が言った。

「趣味だったら、そんな暗い顔してんなよ」

「……趣味、というか」

くせなのかもしれない。もしくは性分。なんて言葉が適切だろうかと首をひねって考えていると、「ふぅん」となにも答えていないのに納得したような声を漏らされた。その声に、体がぴくりと震える。

この人もきっと、わたしを変なやつだと思っているに違いない。

──『いやだってはっきり言いなよ』

──『いい顔したいだけなんじゃない？』

──『まわりに迷惑かけてることに気づいてないよねえ』

中学時代、友だちに言われた言葉や、わたしのいないところで話していた内容を思いだす。そのどれにも、わたしはなにも言い返すことができない。頭の中でさえ。

「ま、いいや」

そう言って、彼はわたしに手を差し出した。半袖《はんそで》から伸びるその腕には、大きな火傷《やけど》痕《あと》があった。触れたら痛むのではないかと思わず躊躇《ちゅうちょ》してしまう。

「あ、これはもう半年以上前の傷だから、べつに痛くねえよ」

わたしの考えを読んだらしい睦月くんが、ぱしぱしと自分の腕を叩《たた》いて教えてくれる。本当に痛くないらしく、過剰に反応してしまったことを申し訳なく思った。

「あ、じゃあ、これ。ありがとう、助かります」

「どういたしまして」

彼の手のひらにブレスレットをのせてお礼を伝えると、彼はにっと白い歯を見せる。人懐こいその笑みに、ふと胸が軽くなった。

「あの女子、同じクラスの人？」

「いや？　知らねえ」

さっき知ってるって言わなかったっけ？

知らないなら、そのブレスレットどうするの？　あれ、もしかして騙《だま》された？

わたしが驚愕《きょうがく》した顔をしているのに気づいた睦月くんは「大丈夫大丈夫」とわたしの肩をぽんぽんっと叩く。

「明日《あした》調べてちゃんと返すから。そしたら、今知らなくても関係ないじゃん」

「なんでそこまで……」

初対面のわたしのためにわざわざ相手を調べて返却してくれるなんて、この人もわたしと同じお人好しなのだろうか。

「なんとなく」

「なんと、なく？」

ぽかんとするわたしに、睦月くんは目を細めた。

彼はそっと自分の右腕の火傷痕に手を添える。なぜか、みぞおちあたりがきゅっと締めつけられ、そこからなにかがあふれてきそうな落ち着かない気分になった。

心拍数が、あがる。

体の芯《しん》が、じわりと熱を帯びる。

惹かれる。出会って数分だというのに、確信した。

「俺は、俺がしたいことだけをするんだよ。まあ、それが人助けかどうかっていうのは大いに関係するけど。でも、やりたいか、やってもいいか、が判断基準かなあ」

はっきりとそう口にできる睦月くんは、すごいなと思った。

誰になんと言われても、彼は〝やりたいから〟とか〝なんとなく〟ときっぱりと答えることができるのだろう。それは、明確な理由でなくても相手を納得させる力がある。

「俺は、俺のために生きてるからな」

仕方ねえよな、と肩をすくめて彼が笑う。

そして、

「あんたは？」

わたしにそう訊《き》いてきた。

あの日、わたしは睦月くんに恋をしたのだと思う。

自分と違い、堂々としている彼の言動に憧《あこが》れた。それだけではなく、わたしのように頼まれたから引き受けるのではなく、困っているから助けるのでもなく、ただ、〝なんとなく〟だということが、すごく誠実に思えたのだ。

まあ、実際それが誠実かどうかはさておき。

わたしにとってあの日は、運命の日だった。彼のように〝自分のために生きてる〟と、わたしもそう自信を持って迷いなく答えたいと、そう思った。今も相変わらずお人好《ひとよ》しのままなのだけれど。そして、風紀部に入ってから、以前より頼まれることが多くなった気がするけれど。た、多少はマシになった、と信じたい。十回に一回は断ることができるようになっただけ、褒めてもらいたい。

この話を知っているのは、睦月くんを好きになった理由を聞いてきたかさねだけだ。

「もしやかさねが……？」

「なんで私がそんなことしなきゃなんないのよ」

まあ、それもそうか。

机を挟んで向かい合っているかさねが、鬼の形相になった。

「誰かが盗み聞きでもしてたんじゃない？」

「そういう可能性もあるか」

教室や廊下で、かさねが睦月くんの名前なんて聞きたくないのを知っていながら何百回も語っている。かさねが一言一句覚えているほどには。

直近では……いつだったっけ？

告白はいったん保留にしようかな、と報告したときだっただろうか。そのときのかさねは「さっさとふられたら終わるのに」とうんざりした顔をしていた。

「でもそうとう聞き耳立ててないと難しくない？」

「それはそうかもねえ。サヨの話長いし」

長いとは。

「んじゃ、睦月本人なんじゃないの？」

かさねのセリフに、思わずぽんっと膝《ひざ》を叩いた。なるほど、そういう考えかたもあるのか。さすが、かさね。

ただ。

「なんのために？」

「……知るわけないでしょ。本人に聞いたら？」

そりゃそうか、と思ったと同時に、廊下が少しざわめきはじめた。睦月くんの登場だ。いつものように通りすがりの生徒たちが彼に話しかけている。

「行かないの？」

「放課後に……する」

躊躇しているわたしに、かさねは廊下を見ながら「まあそれもそうか」と納得してくれた。まわりに人が多すぎる。かさねも目立つことが苦手なので、ね、と顔を見合わせる。放課後、部室に行けば彼と話をする時間はいくらでもあるので急ぐことはない。

けれど。

「小夜子」

睦月くんが顔を出してわたしの名前を呼ぶ。

……わたしは目立つことが苦手なのだけれど、目立つことが通常の彼はきっとこの行為が目立つことかどうかもわかっていないのだろう。

「今、時間ある？」

「あ、うん」

なにか用事があるらしい。

かさねにごめんね、と言って立ち上がり、彼に近づいた。廊下に出ると、風紀部がそろったぞ、という好奇の目を向けられる。なにをする気だとわくわくされているらしい。

先日放課後に校舎で追いかけっこしていたことが瞬く間に広まったことを思いだすと、こんな場所で話すのはどんな内容でも避けたくなる。

おまけに、彼の隣にいる高峰さんの視線が痛い。高峰さんが睦月くんの隣にいることで、教室から山崎くんの視線も突き刺さっている。前後からめった刺しだ。

「ちょっとこっち来れる？」

幸いにも睦月くんから場所移動の提案をされた。

わたしの気持ちを察してくれたのかと、彼への好意をふくらませながら渡り廊下近くの壁際に移動する。と、切り出されたのは不幸のメールの件だった。

「もう落ち着いてきたってよ。龍が小夜子に感謝してた。で、お礼がしたいって」

「そんな、お礼なんかいいのに」

「まあまあ、貸しを作りたくねえんだろ。そんなことで貸しはなくなんねえけどな」

なぜわたしへの貸しが睦月くんの貸しになっているのか。

睦月くんの話によると、会長はよく人を家に招いたり、お店を貸しきってパーティをしたりするらしい。会長は王子様の見た目のとおり、中身も王子様でなにやらものすごくお金持ちなんだとか。わたしへのお礼も、そんな感じだろうと説明してくれた。

「おいしいものたらふく食べれるぞ」

「それは……ありがたいけど、本当にいいのかなあ」

そんなにたいしたことをしていないし、不幸のメールがわたしのせいだと広まることもなかった。益田くんの友だちに耳打ちしたことに意味があったようだ。会長が全校集会で不幸のメールをくだらないとばっさり切り捨てたこともあるかもしれない。

「気を遣うなら陣内も呼べば？」

陣内、という名字が誰のことを言っているのか理解が遅れる。

「かさねのこと、知ってるの？」

口にしてから、ふたりは小学校から一緒だったことを思いだす。親しくなくても名前と顔くらいは知っていても当然か。

「そりゃ、小学校から一緒だし、家も近いしな」

心なし、睦月くんの表情が悪者顔になったような。なにかを隠しているような。企《たく》んでいるような。かさねのことを、よく知っているような。そんな気がした。

もしかしたらふたりには、わたしが思っていた以上のつながりがあるのだろうか。

「んじゃ、それだけ。また日程決まったら教えるわ」

引っかかりを覚えてぼんやりしていると、睦月くんが去っていこうとする。「あ、うん、ありがとう」と振り返りかけたときに、大事なことを忘れていたことに気づく。

「ちょっと待って、あの、訊《き》きたいことがあるんだけど」

「うん？」

「あの、その、わたしたちが、はじめて出会ったときのことなんだけど」

口にしたものの、この先どう続ければいいのか。誰かに話したことがありますか、なのか、ラジオに投稿しましたか、なのか。

「放課後の教室のこと？」

質問を考えていると、睦月くんが不思議そうに言った。

——あ、違う。

彼は風紀部に入部するきっかけになったあの日のことを言っているのだろう。つまり、睦月くんはその日がわたしとはじめて出会った日だと思っている、ということだ。

でも、その前にわたしたちは出会っている。

睦月くんの記憶に、一年前の会話はなくなっているようだ。大事に大事に覚えていたのはわたしだけだった。そんなこと、風紀部に入る前のわたしは十分理解していたというのに、いつの間にこんなに図々《ずうずう》しい思考をするようになったのだろう。

彼はきっと、覚えてくれている、なんて。

わたしは、馬鹿だ。

「ねーねー、もうすぐ予鈴鳴るけどー？」

返事ができず黙っていると、にゅっと高峰さんがあいだに入ってきた。

「ああ、んじゃ。話途中で悪いな。放課後に部室ででも」

時間を確認し、睦月くんが東校舎に向かっていく。うん、と言って手を振り彼を見送ると、廊下にはわたしと高峰さんが残された。

隣を見ることができない。彼女がわたしを鋭い目で見ているのが、確認しなくてもわかる。横からじっとりと睨《ね》めつけられているのを、肌で感じる。

高峰さんは、学年のアイドルだ。それは整った顔立ちやバランスのいいスタイルだから、ということにくわえて、彼女がいつもにこにこしているからだ。誰にでも分け隔《へだ》てなく気さくに、満面の笑みで話すから。だからこそ、あの山崎くんも惚《ほ》れている。

そのはずなのだけれど。

わたしが風紀部に入ってからと言うもの、彼女はいつも目を吊《つ》りあげてわたしを見ている。そのたびに背筋が凍りつく。恋は彼女の笑みも奪うらしい。こわい。

無視するわけにもいかないので、「え、と、じゃあ」とぺこっと頭を下げて立ち去ろうとする。けれど、彼女がわたしの腕をがっしりとつかんで引きとめた。

「ねえ、なんで風紀部にあんたが入れたの？」

高峰さんのきれいな顔がわたしにずいっと近づいてくる。睫毛《まつげ》がビシバシしていて、わたしの目に突き刺さるのではないかと思えた。

「なんで、と言われても……成り行きというか……」

「すっごく、いやなんだけど」

高峰さんは、本当に睦月くんのことが好きなのだろう。

今までずっとひとりで風紀部の活動（？）をしていたのに、突然ひとりの女子が入部したとなれば、嫉妬《しっと》するのも当然だ。わたしが彼女の立場でも複雑だったと思う。

「あんたなんか、たまたまで、深い理由なんかないんだからね！」

特別だとか勘違いしないでよね、せいぜい便利屋みたいなものなんだから、雑用係なんだから、と立て続けに言われる。そのとおりなのでなんの反論もできない。

「ほんと、むかつく」

最後は舌打ちまじりに言って、高峰さんはわたしに背を向けた。あまりに勢いがよかったので、彼女の長い髪がわたしの頬にあたりそうになる。

むかつく、か。

女性として憧《あこが》れていた高峰さんに、仲良くなる隙もなく嫌われるのはちょっと悲しい。

高峰さんは、わたしよりもずっと睦月くんに近かった。でも、彼女はきっと気づいていない。今も、高峰さんのほうが睦月くんと親しいことに。

「……記憶にも残らない出会いだったのか」

予鈴の鳴り響く廊下で、ひとりごちる。

ため息まじりのその声は誰の耳にも届かず、わたしの胸をずしんと重くさせた。

わたしだけが大事にしていたもの。

だからこそ、奪い返さなくてはと決意を固める。


さて、どうしようか。

午前中、授業そっちのけで犯人捜しの方法ばかりを考えて過ごした。

昨日の投稿はメールなどではなく、ラジオのホームページにある掲示板に書き込まれていたため、スクリーンショットに残してある。ただ、当然だけれど有益な情報はなにも書かれていない。これだけで犯人を特定するのは不可能だ。掲示板は当日分しか表示されないため、常連かどうかも判断ができない。

現時点でわかっていることは、おそらく同じ学校である、ということ。でも、絶対ではない。高二男子というのも本当かどうか。本当に睦月くんとこういう出会いをした生徒かもしれないが、風紀部は睦月くんとわたしのふたりだけなので、それはないだろう。

「壁にぶち当たってる……」

「そもそも四方八方が壁でしょ。そんなのわかるわけないじゃん」

お箸《はし》をくわえながらつぶやくと、かさねが呆《あき》れた口調で言った。

「なんとかわからないかなあ」

「消去法で絞るしかないんじゃない？　なにを消去するのかわかんないけど」

ううーんと頭をひねり「男子」と答える。これで半分になった。なんだかいけそうな気がしてくる。

「男のフリしてるだけかもしれないけどね」

「そんなこと言い出したら日本中から捜し出すことになるじゃん！」

わたしの嘆きを無視するように、かさねは購買で買ってきたパンをくわえながら自分のスマホをいじりだした。

「まあ十中八九、男かな」

ほら、とわたしにスマホ画面を見せる。

そこには、Twitter の画面が表示されていた。ラジオ番組の公式アカウントに〔メッセージ紹介、ありがとうございます！　ｂｙ風紀部副部長〕と、リプライが届いている。

昨日の夜、ちょうどわたしが聴いた時間だ。

「え！　かさね天才じゃん！」

「こいつのアカウント見る限り、この学校の男子なのは間違いなさそう」

プロフィール画面に飛べば、たしかにわたしたちの通うこの学校の制服がちらりと写り込んでいた。自撮りらしい写真には、男子制服のズボン。

「かさねすごい。え？　顔とか写ってないの？」

「残念ながら」

相互フォローなどから人物を特定できないかと確認したけれど、フォローしているのは芸能人やテレビ番組の公式アカウントばかりだ。数人、友だちらしいアカウントもあったものの、鍵《かぎ》アカウントなため確認はできなかった。

ツイートも、〔疲れた〕とか〔お腹すいた〕などという独り言ばかりで、誰かと交流するために活用してはいないようだ。

「あ、ちょっと待って！　その画像！」

過去を遡《さかのぼ》っていくと、気になる写真を見つけた。

教室から見えたらしい空の写真だった。体育館と青空。授業やる気が出ない、という文章から授業中にこっそり写真を撮ったのだろうと思われる。写真のすみには、口元と顎《あご》、そしてそこに添えられたピースサインをしている指も写っていた。唇のそばと、珍しく人差し指の第一関節付近にほくろがある。

……教室から体育館が見える、ということは。

「理数科か！」

ふたり顔を見合わせて、おお、と声を漏らした。

写真からは、三階か四階かまではわからなかったけれど、少なくとも二階の三年生ではなさそうだ。つまり、一年か二年。

幸い、今日も写真と同じような真っ青な空が広がっている。教室に行って窓からの景色を見ればクラスや席がわかるだろう。それに、この指のほくろも目印になりそうだ。

つまり、犯人がわかる！

そうと決まれば、とお弁当の残りをかき込む。昼休みはまだ半分以上ある。今のうちに理数科の校舎で捜索をはじめよう。睦月くんや益田くんが理数科にいるので、さりげなく協力してもらうのもいいかもしれない。

「あ、そういえば」

はっと思いだして箸がとまる。

「かさねって睦月くんと実は親しい関係だったの？

かさねの顔が一気に険しくなった。教室全体が凍りつきそうなほどの冷たい表情に

「あ、いやいや」とあわてて言葉をつけ足す。

「実は、この前の不幸のメールの件で生徒会長がお礼をしてくれるらしくて、その、かさねも一緒にどうかって……」

かさねの眉《まゆ》がぴくぴくっと反応する。

「……あいつがそう言ったの？」

「あー、まあ、うん」

ははは、とよくわからない笑みを浮かべると、ちっ、と舌打ちが聞こえてきた。仲がよかったとは到底思えないかさねの反応に戸惑ってしまう。前から睦月くんのことは嫌っていたけれど、なにやら根深い理由がありそうだ。

「家が近いから、それなりに話すことがあっただけ」

なるほどなるほど。

ピリピリしはじめたかさねと目を合わすことができず、お弁当に視線を落としたままこくこくと頷《うなず》く。

「家が近くなきゃ……あいつと関わりなんか……」

言葉を重ねるごとに、かさねの声が低くなっていく。おどろおどろしい空気が広がってきて、冷や汗が流れてくる。

「あいつがいなきゃ、ここまで見かけに苦労することも……」

「見かけって、その格好ってこと？」

目立つことが嫌いな理由に、睦月くんがなにか関係しているのだろうか。

「いろいろ、あるのよ」

かさねはむすっとしながらも、どこか申し訳なさそうな顔でつぶやいた。

詳しいことは話せないのだと線引きされたような気がして、さびしくなる。

深く問い詰めるのはかさねを困らせてしまうだろうと、「そっか」と曖昧《あいまい》な返事をして話を終わらせた。

いつか、かさねは教えてくれるだろうか。そうだといいけれど。

言葉にできない、妙な感情が体の真ん中にじわりと広がる。変な感じがする。

「そんなことはどうでもいいし、あいつのことは抹消して、今は犯人捜しでしょう？」

「あ、うん。かさねもついてきてくれる？」

「え？　無理無理。理数科とか無理」

間髪を容《い》れずに手を振って拒否されてしまった。

それ絶対、睦月くんと顔を合わせるかもしれないからだよね。

「あ、朝桐。頼みがあるんだけど、これ職員室持って行ってくれねえ？」

しょんぼりしていると、教壇からクラスメイトの男子に声をかけられた。彼の指している〝これ〟を見てから「いいよ」と返事する。昨日出された数学の課題のプリントだ。

「さすが朝桐。助かる！」

男子はうれしそうに目を細めて、じゃあよろしく、と教室を出ていった。

「職員室行くなら、ついでにこの鍵も返しておいてくれ」

次にえらそうな言いかたで頼んできたのは山崎くんだった。いつの間に背後にいたのか、振り仰ぎながら「うん」とその鍵を受け取る。

「便利だな」

「……面と向かってそう言われたのははじめてだよ」

山崎くんが、眼鏡をくいと持ちあげて頬を引き上げた。笑いかたもえらそうなところが彼らしい。

「きみたちはいつも本当によくしゃべってるな。しかも声がでかい」

「盗み聞きしないでくれる？」

「忠告してるんだよ。不本意ながら、朝桐には恩もあるのでね」

「恩があるのに仕事頼むんじゃないわよ」

かさねが信じられないものを見るような視線で山崎くんに言った。たしかにそのとおりかもしれないけれど、べつに気にしていないのでかまわない。山崎くんの言う〝恩〟も、たいしたことじゃない。でも。

「恩と言うからには、あの人とはいい関係になれたの？」

ふふっと笑うと、山崎くんは眼鏡をくいと持ちあげて「べつに」と背を向けて去ってしまった。おそらく恥ずかしいのだろう。長い前髪と眼鏡の奥で、彼は赤面しているのではなかろうか。

前の事件をきっかけに山崎くんはちょくちょく高峰さんと会話ができるようになったらしい。わたしにもよく話しかけてくるようになったのは、そういう理由もあるのだろう。あと、高峰さんとの関係を誰かに言いたくて仕方ないというのもありそうだ。先週は昼休みに一緒に自動販売機まで歩きながら話をしたんだと、それはそれは幸せそうに報告してくれた。

最近は気がつけばそばにいたり、急に会話にまざってきたりもする。物言いや態度は以前とかわらないけれど、前より山崎くんとは話しやすく感じる。けっして眼鏡を取るとイケメンだからとか、そういう理由ではない。

山崎くんが隠れイケメンだという話をかさねに伝えたら「キャラかぶるからやめてほしい」と鼻にシワを寄せた。自分でそれを言うのがかさねらしいし、ふたりの気が合わないのは、やはり、似たもの同士だからなのだろうか。

「ほんと、サヨは相変わらず人がいいなあ……」

かさねが肩をすくめて言った。

「そうかな？」

「気づかないところがサヨらしいよね」

「あ、その、ごめん」

苦く笑ったかさねに、思わず謝ってしまう。

「なんで謝るの？　私一緒に行かないから、いいんじゃない？」

きょとんとした顔をされて、つい笑ってしまった。

かさねと一緒にいて救われるのは、自分は自分、他人は他人、という割り切った考えかたをするところだ。そして、「サヨは手伝ってあげたら？　私は教室で待ってるから」と言う。それはけっして怒っているわけでもうんざりしているわけでもない。ただ、そうするだけ。もちろん、人がよすぎるだとか、そんなの無視しなよ、と怒られることもあるけれど。

「サヨの行動を私が制限してどうすんのよ。気にしてないんだから気にしないでよ、私が気にしないことがおかしいみたいじゃない」

やだあ、と眉を寄せるかさねのことを、好きだなあと思う。そして、それに甘えてしまっていることに申し訳なくも思う。

結局わたしは中学までと、なにもかわっていない。気がつけば了承してしまう。

……だめだと思っているのに、なんでだろう。

はあ、とため息をつきつつも、とりあえず今はすべきことをしなければ、とお弁当を食べ終える。そしてすぐに男子に頼まれたプリントと、山崎くんから受け取った鍵《かぎ》を持って職員室に向かった。

階段を下りたところがちょうど職員室だ。ドアに手をかけようとしたところで、誰かの手がわたしのかわりにドアをあけてくれた。

「益田くん。あ、ありがと」

「また頼まれた？」

そばにいる彼は困ったように笑いながら、わたしのために道を作ってくれる。

「あー、まあ、届けるだけだから」

相変わらずだなと思われているんだろう。中に入ると、益田くんは剣道部の顧問に近づき、わたしは数学の先生にプリントを渡す。そして、山崎くんに頼まれていた鍵を美化部の顧問に手渡した。ついでにとあるプリントを二年の各クラスに配ってほしいと頼まれてしまったけれど、どうしても無理なんですと断った。残念そうな顔をする先生に、申し訳なくなりつつも、今日はすみません、と何度も頭を下げる。

やっぱり断るのって苦手だな、と思いつつ職員室を出ると、廊下の壁にもたれかかっていた益田くんが「お疲れ」とわたしに声をかけてきた。

もしかして、わたしを待っていてくれたのだろうか。

「またなにか仕事頼まれてるんじゃないかと思ったけど、今日は断れたんだ」

「な、なんとか……」

そう答えると、益田くんは「やるじゃん」と目を見張った。

「お人好《ひとよ》しなら益田くんもだと思うなあ」

きっとわたしが職員室で新たにお使いを頼まれたときに手伝うつもりで待っていてくれたのだろう。中学のときも、そんな彼に何度か助けてもらったことがある。

「あ、あの、そんな益田くんに、お願いしたいことがあるんだけどいいかな？」

「珍しいな。もちろん」

人に頼まれることはあっても頼むことはめったにない。おずおずと話を切り出すと、益田くんはウェルカムと手を広げる。なんてやさしいんだ。

実は、と人を捜していることを益田くんに伝える。益田くんにはわたしの好きな人が睦月くんだと気づかれているけれど、恥ずかしいのでラジオの詳細はごまかした。とあるメッセージを書いた人を捜している、とだけ。

「それがこの学校の理数科の男子なんだ」

ありがたいことに、益田くんはその投稿の内容は深く訊《き》いてこなかった。さすが益田くん、紳士というかなんというか。これが睦月くんなら根ほり葉ほり聞き出すことだろう（ラブレターをなくしたときのように）。

「で、この写真を撮った人だと思うんだよね」

「たしかにこの景色は東校舎だなあ。四階、よりも三階っぽいな」

「一年生ってことかあ。勝手に教室に入っても大丈夫かなあ」

いきなり教室に二年が入ってきて、窓の外を眺めるって怪しすぎないだろうか。

それに、このラジオ少年は、わたしのことを知っているはずだ。思い出を盗んだうえに、風紀部副部長と名乗るくらいなら、きっと知っている。

そんなわたしが教室に入ってきたら？

――わたしだったら、絶対逃げる。

また校内を追いかけっこするのは絶対にいやだ。しかも今は昼休み。目立つことこの上ない。

悩んでいるわたしに気づいたのか、

「おれが見てきてやろうか？」

と益田くんが言ってくれた。

「い、いいの？」

「まあ、そのくらいなら。一年の理数科には剣道部の後輩もいるし。あとこの口元のほくろ……見覚えがあるんだよなあ」

益田くんが女神様に見える。女神様って女性か。じゃあ神様。

頼もしい益田くんに何度も感謝を告げて、東校舎の三階の渡り廊下からこっそりと廊下を覗《のぞ》いて待機する。念のため、益田くんにはかさねが見つけてくれた窓の外の写真をスクリーンショットしてSNSで送った。

ドキドキしながら、様子を見つめる。

益田くんが教室を覗いて、スマホ画面を確認するのが見えた。どうやら違ったようで、隣のクラスに入る。あのクラスにいるのだろうか。心臓が緊張のピークに達する。はあはあと荒い息で一年の教室を眺めているわたしは変質者にしか見えないのだろう。やたら美形の少年が、じろりと、まるでナメクジを見るような冷酷そうな視線を向けてきた。

美人に睨《にら》まれるのはなかなか応《こた》える。今朝の高峰さんを思いだしてしまう。

少年は益田くんがいるであろう教室に入る。と、突然騒がしくなったのがわかった。なにごとかと見つめていると、益田くんがさっきの美少年の首根っこをつかんだ状態で出てきた。

「見つけたよ、朝桐」

さきほどの美少年は、バタバタと手足を動かして逃れようとしていた。放せよ、なんだよ、と男子にしてはやや高い声で文句を言っている。

益田くんが『見つけた』と言った、ということは、彼があのラジオの犯人なのだろう。

「見た瞬間思いだしたよ。こいつの口元のほくろ。席も窓際だったし、手にもほら」

さっきすれ違ったときは横顔しか見えなかったので気づかなかったけれど、たしかに少年の口元にはほくろがあった。それに、人差し指のほくろも。

「益田くんの知り合いなの？」

「いや、知り合いの弟」

以前すれ違ったときに話をしたことがあるらしい。

「放せよ！」

少年は益田くんの手を、身をよじって振りほどく。そして、すれ違いざまに見せたものよりも険しい顔と目つきでわたしを見た。

「あなたが、あのラジオの投稿をしたの？」

訊くと、きれいな顔立ちに似合わないほど柄の悪い舌打ちをされた。

「なんで、あんなことをしたの？」

「うっせーな！　黙れブス！」

とりつく島もない、というのはこういうことか。ひくひくと顔を引きつらせると、かわりに「おいお前」と益田くんがすごんだ声で少年に言った。いつも穏やかな彼の見たことのない一面に、驚きで怒りが吹き飛ぶ。

でも、さすが益田くんだ。自分には関係のないことで、怒れる人。すごい。

感激していると、「なにしてんの？」と背後から声をかけられた。

「おもしろそうなことしてんじゃん、俺もまぜろよ」

振り向くと、にいっと白い歯を見せる睦月くんが、わたしを見下ろしている。渡り廊下から差し込む太陽の光が彼に降り注いでいて、眩《まぶ》しい。けっして彼を偽ることはできないような、そんな気になる。

「睦月こそ、なんでここにいるんだよ」

「楽しいことには鼻が利くんだよ」

益田くんに、睦月くんは自分の鼻をちょんっと指先で触れてかわいらしく笑う。

直前まで目を吊《つ》りあげて悪態をついていたラジオ少年は、目を瞬かせ口を大きくあけて、睦月くんを見ていた。呼吸もとまっているんじゃないかと心配になるほど、少年はしばらく動かなかった。

その様子に、もしかして、という予感を抱く。

とりあえずここじゃ生徒が行き交うので場所を移動しようということになり、東校舎の渡り廊下のない南側突き当たりに移動する。正面が数学資料室ということで人の出入りがなく、比較的話がしやすい。

睦月くんがいるせいか、ラジオ少年は抵抗することなくついてきてくれた。顔を真っ赤に染めて、ちらちらと睦月くんを見ている。少年がおとなしくなってくれるのはありがたいが、そばに睦月くんがいると話しにくい。

できれば、ちょっと席を外してほしいなあ、なんて。

「あの、睦月くん……」

「俺のことは気にしないで、どうぞどうぞ」

わたしの気持ちにまったく気づかず、睦月くんはまるで席をゆずるように手のひらを上に向けて一歩下がった。そして腕を組んで壁にもたれかかり、まるでテレビドラマでも観ているような、そんな顔をしてわたしたちを見る。

睦月くんの〝なんとなくスイッチ〟が入ってしまったのを確信し、諦《あきら》めて少年と向き合った。少年は、わたしを見て途端にむすっとした顔をする。

「あの話、誰から聞いたの？」

「……誰だっていいだろ。ちょっと、教えてもらっただけだし」

「じゃあ、なんであんなことをしたの？」

あらためて聞くと、口をきゅっと結んでそっぽを向かれた。意地でも話さないつもりらしい。なんでこんなに反抗的なのか。いや、わたしが嫌われているだけだろう。

「そんなに、睦月くんのことが好きなの？」

「っな、なに」

「あの日、彼と出会ったのは自分だってことにしたかったんじゃない？」

少年がかっと顔を赤く染めた。

羞恥《しゅうち》をあらわにする少年は、かわいさを増す。

「お前みたいなモブに関係ねえだろ……」

口を開かなければ、の話だけれど。

睦月くんがいなかったらおそらくさっきのように大声で叫ばれていただろう。かといって小声で言われるのもなかなかダメージが大きい。そりゃあなたはその顔立ちですから主役級でしょうけど。悪かったな、さえない顔で。

「だから、勝手にラジオに投稿したの？」

「……べつにあのくらいいいだろ！　あんなことくらいでいちいち捜し出すんじゃねえよ。なんなんだよお前。ちっせーやつだな」

しおらしかったラジオ少年は、そばに睦月くんがいるにもかかわらず、声を荒らげた。図星を突かれたことでパニックになっているのかもしれない。ただ、人の思い出を〝あのくらい〟呼ばわりされると、さすがにむっとする。

なんで他人がわたしの過去の価値を勝手に決めるのか。

「なにをされたらいやかどうかなんて、人それぞれだろ」

睦月くんが、不思議そうに言った。

彼の言葉になのか、それとも、彼、だからなのか、少年は言葉を詰まらせたかのように体を震わせて、目をそらす。

ああ、やっぱりこの少年は睦月くんのことが、好きなのだろう。

それは、恋愛感情のあるなしではなく。そんなことはどうでもよくて。ただ、好きなのだろうと、そう思う。

「なんで、お前みたいなやつが風紀部に入部できるんだよ……」

唇に歯を立てる少年の姿が、今朝の高峰さんとかぶる。

「たまたま出会っただけのくせに！　お前みたいな、人に利用されているだけの惨めなやつが睦月さんと出会って風紀部副部長になるなんておかしいんだよ！」

突然、少年は饒舌《じょうぜつ》にしゃべりだした（というかまくし立てた）。

わたしの古傷をえぐるような言葉の数々に、反応ができなくなる。おまけに〝睦月さん〟と。わたしのことは〝お前〟呼ばわりだというのに。

「睦月さんはお前なんかが本来話せるような立場じゃねえんだよ。この人はかっこよくて、おまけにやさしくて、強くて……ひとりで堂々としている、そんな人だ！」

かなり、睦月くんが美化されている。

わたしも睦月くんに惚《ほ》れているひとりではあるけれど、これほど睦月くんのことを褒め称《たた》えるのは難しい。

わたしにとっての睦月くんは、とにかく気分屋で、毎日を楽しんでいる人だ。やさしくないわけではないが、けっして博愛主義者ではない。だから、堂々としていられるのだとも思う。

おそらく、この少年に見えている睦月くんと、わたしに見えている睦月くんはまったく違う。それは当然で、どちらが正しいとか間違っているとか、そういう問題ではない。

「あの日出会ったのがぼくだったら、中庭で会話したのがぼくだったら」

少年は俯《うつむ》いて、拳《こぶし》を作った。その手がかすかに震えている。

「お前なんかが風紀部に入って、なんでぼくは入れないいんだよ！」

最後の叫びは、廊下の隅々まで響いた気がした。

あの日の出会いが、風紀部入部のきっかけだと思っているのならそれは間違いだ。どこでそんな勘違いに至ったのかはわからないけれど、そんなことはたいした問題ではないのだろう。わたしが風紀部に入部したことは、紛れもなくたまたまなのだから。ラブレターをなくして、それを睦月くんに気づかれて、一緒に山崎くんを捕まえた。あの日のなにが彼の興味を引いたのかはわからないが、高峰さんやこの少年が言うように、あれは偶然でしかない。わたし自身驚いたくらいだ。

睦月くんに憧《あこが》れる気持ちは、みんな一緒だ。わたしも、少年も。そして高峰さんも。

少年の気持ちが、痛い。

――でも、ここまで言われる筋合いはない。

「よくわかんねえけど、朝桐に言っても仕方ないだろ。文句があるなら睦月に言えよ」

隣にいた益田くんが、ため息をついてから少年に言う。

「だって！」

「だってじゃねえよ。朝桐に謝れ」

「部外者は黙ってろよ！」

は？ と益田くんが眉間《みけん》にシワを寄せる。勢いで声を荒らげてしまったのだろう。少年がしまった、という顔をして目を伏せた。そして、もごもごと「でも」と「だって」を繰り返して悔しそうにしている。

唇に歯を立てて、わたしは勇気を振り絞る。

「どんな理由があったとしても、わたしときみを置き換えてあの日のことを吹聴するのはやめてほしい」

スカートをぎゅっと握りしめて、伝える。

これがべつの思い出ならばスルーしていただろう。実害があるわけではない。ただ、他人が自分のことのように語っただけ。そのくらいいいよ、きみもわたしと同じで彼に恋するひとりだから、と思えたかもしれない。

でも、あの思い出だけは、だめだ。

誰にもゆずれないし、誰にも穢《けが》されたくない。睦月くんがあの日のことを覚えていなくとも、いや、覚えていないからこそ。

「これだけは、どれだけ頼まれても、引き受けられない」

どれだけわたしがお人好《ひとよ》しで、断れない性格でも。

まさか、こんなセリフが自分の口から出てくるとは。睦月くんという存在が、わたしにとって小さくとも大きな変化を与えてくれた存在なのだと実感する。

「吹聴なんてしてないだろ。ただ、ラジオに投稿しただけだし」

「それを、何人もの人が聴いていたのに?」

わたしが怒っていることを感じ取ってくれたのか、少年の勢いが少し落ちる。

「うん、なんとなく理解した」

沈黙が降りかけたわたしたちに、ぱんっと手を合わせる音と睦月くんの明るい声が届く。なるほどなるほど、と一歩後ろにいた彼がわたしの隣に並んで「そうか」と頷《うなず》く。

「俺と小夜子が中庭で会った日のことを、こいつは小夜子を自分に置き換えて、ラジオに投稿したってことか」

「あー、うん、まあ」

そんなことでなんでこんなことを、と思われているのかもしれない。

益田くんも事情を察してなんとも言えない顔をしていた。そういえば彼にはわたしが睦月くんを好きなことがばれているんだったっけ。

……あれ、もしかして、これ睦月くんにもばれるのでは。

「お前、俺のファンなのか。へえー物好きだな」

「いや、その」

睦月くんは少年に顔を近づけて、にっこりと笑った。

どうやら睦月くんは、わたしの気持ちに気づいていなそうだと、安堵《あんど》する。彼にしたら彼に好意のある人は、全員〝ファン〟という認識なのかもしれない。

「でも、なんでお前が小夜子のことを〝お前〟呼ばわりするわけ?」

顔に笑みを貼りつけたまま、睦月くんは声をぐっと低くした。お腹にぼんぼんと響く重低音に、思わず固唾《かたず》を吞《の》む。

「え、そ、その、あ」

「小夜子を誘った俺に文句があるのかよ」

「そ、そういう、わけじゃ」

さっきまで威勢のよかった少年が、じりじりと横にずれて睦月くんから逃げようとする。それを、彼の足が塞《ふさ》いだ。どんっと壁を蹴《け》る音に、全員が体をびくつかせる。

「益田も部外者だけど、そもそも部外者のお前が先に割り込んできたんだろ」

少年は、羞恥を感じたのか顔を紅潮させる。

「風紀部に入りたかったかどうかは知らねえけど、だからって人の思い出を自分に置き換えたって、それはお前のものにはならねえよ」

「ちょっと、夢を見ただけ、です」

「夢なら誰にも言わずに思っておくだけにしろよ。不愉快だ」

なんて投稿したの？　と睦月くんが少年を見たままわたしに訊いてきた。どうしようか一瞬悩んだものの、スクリーンショットした彼の書き込みを見せるために睦月くんにスマホを手渡す。

「これか。『人のためじゃなくて、まず自分のために生きたら？』ねえ。そんなこと言った覚えないけど」

「こ、これに近いこと、を」

「じゃあ、そのときの小夜子の気持ちは？」

わたしの気持ち。

「人に利用されてたから、だから睦月さんのセリフに感動した、んじゃ」

ちらっと少年の視線がわたしに向けられる。まるで答えをもとめるように。

あのときのわたしは、彼をかっこいい人だなと思った。あのとき抱いた色が胸に広がる。ピンクのような黄色のような、きらきら眩《まぶ》しいもの。同時に、後ろめたくもなったことを、思いだす。

――『あんたは？』

そして、あの問いに答えられない自分が、恥ずかしかった。

「そのときの俺の気持ちは？」

「お人好しのこの女を、哀れんで、だから、自分のようにって」

「全然違うんだけど」

しどろもどろに答えた少年に、ははっと睦月くんが笑う。

それは、いつものようなからっとしたものではなく、相手を馬鹿にするような、蔑《さげす》んだような、そんなものだった。まとっている空気も、冷たい。

半袖《はんそで》でも熱を感じる季節だというのに、鳥肌が立つ。

「俺は、そんなつもりで言ってねえよ。なんで俺が他人の生きかたに口出ししねえといけねんだよ。どうでもいいっつの」

うはは、と睦月くんが笑う。

「状況やセリフだけで、なに全部わかったふりをしてんの？」

「……そんなの、いまさらなら、いくらだって言えるじゃない、ですか」

「見聞きしただけのものを自分のものにしようとしたところで、経験した人と同じ土俵にはあがれねえよ。お前のは、ただの真似」

同じ経験をしたって、感じかたは人それぞれだ。感動する人もいればそうでない人もいる。同じ漫才を見て笑う人もいれば笑わない人もいて、ときにはいらだちを感じる人だっているだろう。

ああ、そうか。わたしはそれを勝手に決めつけて語られたことが、悔しかったんだ。

あのときの想いは、わたし以外にはけっしてわからない。わたしだけのものだ。

でも、それはつまり、なにをされても、奪われないしなくならない。少年になにをされたって、胸の中にすべてがあるんだ。

そう思うと、わたしの気持ちがすうっと楽になる。陰鬱《いんうつ》だったものが、溶けて体から流れ出ていく。

「俺は、あの日、あの場にいたのが小夜子だから声をかけたんだよ。小夜子のことを馬鹿にするようなお前とはあの場で会うことはないし、会ったとしても俺は声をかけねえ」

睦月くんは、はっきりと口にする。

少年を傷つけるための言葉。

同じ思いを抱いていたからこそ、少年に同情してしまう。なのに、わたしだから、と言われたことに喜んでしまう部分も間違いなくあった。

どういう表情をすればいいのかわからないでいると、呆《あき》れたような、困ったような、哀れむような、そんな益田くんの視線が向けられていることに気づく。

こんなときなのに、と思われただろうか。

咳払《せきばら》いをして気持ちを落ち着かせる。と同時に昼休みの終わりを告げるチャイムが校舎に鳴り響いた。

「じゃ、そういうことで」

睦月くんはさっきまでの重さを急に手放して、少年の肩をぽんっと叩《たた》き背を向けた。

益田くんはため息をついて、少年に声をかけることなく睦月くんの後ろをついていく。

項垂《うなだ》れている少年は、ぴくりとも動かない。

「あの、じゃあ、ね」

これ以上少年を責めたいとは微塵《みじん》も思わなかった。けれど、わたしが慰めるのもおかしい。とりあえず声をかけて踵《きびす》を返す。

「ごめん、なさい」

背中に、か細い声が届く。小さかったけれど、彼の気持ちがぎゅっとこもっているのがはっきりと伝わってくる。

ひとつ、答えがわかっていないことがある。もしかすると、とひとつの可能性が浮かんだ。少年の表情が、ずっと〝彼女〟に似ているのだ。ふとしたときにふたりが重なる。

「小夜子?」

「朝桐? 五時間目遅れるよ」

足をとめたわたしを、睦月くんと益田くんが振り返り呼ぶ。

「ごめん、先に行ってて」

聞き忘れたことを思いだし、再び踵を返して少年に駆け寄った。

SHRが終わるやいなや、教室を飛び出してC組に向かった。そして、しばらくして教室を出てきた高峰さんに声をかける。

「ちょっと話いいかな?」

彼女は「なによ」と不満そうな顔をしたものの、断ることなくわたしについてきてくれた。言葉をかわさず無言で並んで歩くわたしたちは、まわりからは異質に見えたのではないかと思う。

「で、こんなところでなに?」

体育館とテニスコートのあいだの小さなスペースを選ぶ。まだ日差しがきつい時間だけれど、日陰になっていて風が通り過ぎていくからか、少し涼しい。

高峰さんは体育館の壁にもたれかかり、地面の砂を踵《かかと》で削りながらめんどくさそうに言った。部活動がはじまりだす時間だからか、まわりからはいろんな音が聞こえてくる。

高峰さんは相変わらずかわいい。大きな瞳《ひとみ》に色白のきめ細かな肌、すらりと伸びた手足は、夏になるとそれがよりいっそう引き立つ。今すぐファッション雑誌の表紙を飾っても違和感はないだろう。むしろ過去最高売り上げ部数をたたき出すに違いない。

「訊《き》きたいこと、というか、たしかめたいことがあって」

ぴくりと小さく高峰さんが反応する。

「わたしと睦月くんのことを、弟の礼《れい》くんに話したのは、高峰さんなんだよね」

昼休み、いったんは教室に戻ろうとしたけれど、どうしても気になってあの少年にもう一度話を聞きに行った。はじめはあれほど声を荒らげていたのに、睦月くんに言われたことがこたえたのか、少年――礼くん――は素直に教えてくれた。

あの少年は、高峰さんの弟だった。

やっぱりそうかと納得するほど、ふたりは似ていた。どうりで、礼くんは誰かを彷彿《ほうふつ》とさせるかわいさだと思った。益田くんの言っていた〝知り合い〟は高峰さんのことだったのだろう。益田くんも知り合いが多いし、高峰さんも社交的だ。些細《ささい》なきっかけからでもふたりなら友だちになれる。

「そうだけど、まさかラジオに投稿するとはあたしも知らなかったし」

高峰さんは、少しだけバツが悪そうに答えた。

おそらく、わたしがかさねに話しているのをたまたま聞いたのだろう。高峰さんとは同じ校舎なので、すれ違うことも多い。それに、睦月くんのことが好きな彼女なら、彼の名前を気にして話を聞いてしまうだろう。わたしも同じだ。

「あたしはただ、愚痴っただけよ。礼も睦月くんに憧《あこが》れてたから。あんなしょうもない出会いで、睦月くんと親しくなったことが気に入らないって。ふたりで文句を言って憂さ晴らしみたいなことをしてただけ」

あの出会いが風紀部のきっかけではないけれど、わたしの話だけを聞けば勘違いしてしまうのも仕方ないだろう。

子どものように頬を膨らませた高峰さんは、片足をあげて壁に立てる。短いスカートから彼女の太ももがあらわになり、わたしがドキッとしてしまった。

「違うの、その件で高峰さんを責めたいとかそういうのじゃないの」

目をそらしている高峰さんを見つめる。と、彼女は視線をわたしに向けた。

ラジオの件は、いまさらどうしようもない。それに、投稿した礼くんとはすでに話をしたあとだ。礼くんからも『お姉ちゃんから聞いただけ』『たまたまラジオで運命の出会いのコーナーがあって、それで勝手に投稿した』と説明してもらっている。高峰さんは故意に、なにか目的があってわたしの話を礼くんにしたわけではない。

ただ、わたしが高峰さんとちゃんと話をしたかったのだ。

今朝はなにも言うことができなかった。友人になりたいなんて図々《ずうずう》しいことを思っているわけではない。ただ、ちゃんとわたしの気持ちも、伝えたい。

わたしはたまたま風紀部に誘われただけ。睦月くんに都合がよかっただけかもしれない。それでもいいのだと、わたしは彼が好きなのだと。

「高峰さんが睦月くんのことを好きなのは、わかってる。高峰さんにとったら、わたしは邪魔者でしかないってことも。でも――」

「は？　なに言ってんの」

地面から響くような高峰さんの低い声に、体がこわばる。

彼女は、足を踏み出してわたしに顔を近づけた。

「あのね、睦月くんはね！　学園のいわばアイドルなのよ！」

――ん。

恐怖のあまり目をぎゅっとつむった。けれど、想像もしていなかった単語が聞こえて、首が小さく傾く。

アイドル？　学園のアイドル？　誰が？

「え、えっと？」

「あたしの最推しなの。好きとかいう俗物的な感情と一緒にしないでくれる？　あたしのこの気持ちはもっともっと大きくて、深くて、人としての無限の愛なの！」

やばい、意味がわからない。

動揺が隠せなかったものの、「え、ええっと、うん」ととりあえず同意をする。

「朝桐さんみたいになんでも恋愛に絡める人がいるからいやなのよ！　なんっにもわかってない。アイドルファンの気持ちを理解していなすぎる！」

「す、すみません」

謝ってしまった。

いや、でもたしかに勝手に勘違いしたのはわたしなので、わたしが悪いのだろう。高峰さんの気持ちはいまだによくわかっていないけれど。

だって、高峰さんはずっと、睦月くんのことを好きだと思っていた。いつもそばにいるし、親しげに話しかけているし。っていうかみんなそう思ってるよ絶対。

違うの？

そうじゃないの？

わたしの認識が間違っていたのだろうか。

「アイドルに女の影はいらないの！」

うん、それはわかる。

「女友だちはいてもいいと思うの。もちろん美女じゃないとだめだけどね。もしくは美人だったりかわいくなくてもいいから男女ともに好かれる感じの子。そういう人とのつき合いもないと、やっぱり親しみやすさが伝わってこないじゃない？　あとやっぱりファンを大事にする人じゃないとね」

途中から耳を素通りしていくけれど、とりあえずこくこくと頷《うなず》く。

「アイドルにだって幸せになる権利はあるわよ。今まで何度も何度も推しの交際報道や結婚報道に、涙をこらえて笑顔で祝福してきたわよ。でもね！　風紀部に女子はいらないわけ！　彼女よりもタチが悪いの！　わかる？」

ワ、ワカラナイデス。

「アイドルグループに女子はいないでしょうが！　男女まざったアイドルグループなんてないでしょうが！　そういうことなの！」

いつの間にかわたしの両肩は、高峰さんにがっしりとつかまれていた。わたしが頷かなくとも、彼女がわたしの体を前後にがくがくと揺らすので、結果的に頭が上下に動く。

酔いそうだ。

誰か、助けてください。

あれからたっぷり一時間弱ほど、高峰さんからアイドルとは、推しとは、という熱い想いを聞かされた。

まさか、高峰さんがアイドル好きだったとは。なによりも睦月くんのことを恋愛対象ではなくアイドルとしてしか見ていなかったとは。それに。

「ファンクラブなるものがこの時代に存在するとは」

　なにやら高峰さんは非公式のファンクラブを校内で管理しているらしい。ちなみに睦月くんの名前がついていないのは、ほかの男子のファンも入会可能だからだという。会員数は現在七十名ほどいるようだ。睦月くんのファンが二十五名、会長が二十名、残りは益田くんとか、サッカー部のエースとか、バスケ部のキャプテンとかいろいろ。

　高峰さんが睦月くんの一番近くにいるのは、部長のような役割だからだそうだ。とあるアイドルの公式のファンクラブも、上位だけがアイドルと接することができるとかなんとか。そうすることで秩序が守られるのだという。

　なるほど、と茫然《ぼうぜん》としたまま聞いていたわたしを、高峰さんは途中から真剣に想いを受け止めているのだと勘違いしたようだ。最終的には「一緒に睦月くんと睦月くんファンに忠誠を誓いましょう！」と手を握られた。ついでに最近のおすすめアイドルグループまで教えてくれた。

　目をきらきらと輝かせている高峰さんは最高にかわいかった。

　けど、忠誠とはいったいなんなのか。イメージ的に〝抜け駆けをしない〟という気がするのだけれど、それについては深く訊《き》くことを避けた。そのうち告白するつもりです、とは口が裂けても言えない。そういう邪《よこしま》な気持ちはたぶん、許してくれないだろう。

　アイドルファン、奥深い。

「わからないわけじゃないけど……」

わたしにも好きな俳優や歌手がいる。その人たちの私生活はなるべく知りたくないと思う派だ。もちろん、趣味なんかは興味があるけれど、恋愛事情はどうでもいい。余計な情報でイメージを植えつけられるような気がして避けてしまう。

それに、近いのかな。

まあ、「違うんだけど！」と怒られそうだったので口にはしなかった。

高峰さんは帰るとき、わたしに「じゃあね」と満足げに笑ってくれた。言いたいことをすべて吐き出したのか、やたらとすっきりした表情をしていたので、これからわたしを睨《にら》んできたりすることはないんじゃないかと思ったりする。

〝好き〟にもいろんな種類があるんだなあ。

礼くんのように睦月くんに憧れるものと、高峰さんのように高嶺《たかね》の花のような存在としてのもの、そして、わたしのように彼に近づきたくなるもの。

「でも、なんか疲れたな……」

取得した情報量が多すぎる。こめかみをおさえて、ふらふらと校門に向かった。グラウンドのそばを歩いていると部室棟の前にさしかかり、なんとなく四階を見上げる。けれど、そこに睦月くんがいるのかどうかはわからない。

時間は五時近い。今日は用事がなく帰ったのかもしれない。

そういえば、今日の昼休みの睦月くんは、いつもと雰囲気が違った。益田くんも、あんなふうに怒ることがあるんだと驚いたけれど、睦月くんはそれ以上だ。

──『なんでお前が小夜子のことを〝お前〟呼ばわりするわけ？』

ふと、睦月くんが礼くんに言ったことが蘇《よみがえ》り、足がとまる。

わたしのために怒ってくれたセリフだ。それに、あのときの睦月くんは、わたしを守るように一歩前に出てくれた。

思いだすと、勘違いしてしまいそうになる。

心臓がきゅうきゅうと締めつけられて、べつの生き物がなにかを欲して鳴いているみたいな気がしてくる。ぱたぱたと、みぞおちあたりでなにかがせわしなくうごめいている。

「なにしてんの、小夜子」

「わあ！」

ひょこんと横に顔を出してきた睦月くんの耳元で大声を出した。

心臓がさっきとは違う意味でばっくばっくなんだけど！　いつの間に背後にいたのか。

おまけに顔を近づけてこないでほしい！　いつか死んでしまうかもしれない！

「鼓膜破けるかと思った」

「む、睦月くんが驚かすから」

「ぼーっと突っ立ってるから声かけただけだろ」

もっとべつの呼びかけかたがあると思う。

「部室に行くのか？　俺もう帰るけど」

「いや、わたしも帰るところだから、大丈夫」

そう言うと、睦月くんは「珍しいな」と驚愕《きょうがく》したように目を大きくあけた。

普段ならまだあとひとつふたつ用事があってもおかしくない。けれど、今日は高峰さんに会いにいくという用事があったのですぐに教室を飛び出たこともあり、誰にも頼み事をされなかった。

睦月くんは「じゃあ帰るか」とわたしの横に並んだ。

……この姿を高峰さんに見られたら『誓いを破った』と怒られないだろうか。

思わずあたりを見渡してしまう。

「っていうか、小夜子、おもしろいことがあるなら俺にも言えよ。危うく見逃すところだっただろ。偶然階段で小夜子を見つけなかったら知らねえままだったじゃん」

昼休みの件を言っているのだろう。おもしろいことをしたつもりはないのだけれど。

話が話だけに睦月くんに言えなかったのもある。

でも、そういえば。

「睦月くん、あの日のこと、覚えてたの？　その、中庭のこと」

てっきり覚えていないのだと思っていた。けれど、礼くんへの態度から見ると、睦月くんははっきりと記憶していた。

校門をくぐって坂道をおりながら訊く。

「そりゃ覚えてるよ。信じらんねえほどのお人好《ひとよ》しだなあと思ったしな」

そういう理由で思いだされたのか。

「俺が、風紀部作るきっかけだったしな」

「……え、そうなの？」

思いもよらない言葉だ。でも、彼が風紀部を作ったのはあの直後だったっけ。

「俺さ、人のためになにかしてやろうって思うことがあんまりないんだよな。もちろん応援したり、頼まれたときに引き受けたりすることはあるけど、自主的に誰かのために行動したことって今までねえんだよ」

ポケットに手を突っ込んで歩く睦月くんの横顔を見つめる。

わたしの視線に気づいたかのように横を見て、睦月くんは右手をポケットから引き抜いた。そして、肘《ひじ》あたりをわたしに見せるようにあげる。

「この火傷《やけど》、妹が原因なんだよ。二年近く前に、五歳年下の妹が俺にトウモロコシをゆでようとしてさ。そのときに沸騰したお湯をこぼして」

困ったやつだろ、と睦月くんが笑った。

その言いかたからは、妹への怒りやあきれはまったく感じられない。むしろ、かわいい妹の自慢をしゃべっているみたいに幸せそうに見えた。

「まだ小四で、なんにもできねえくせに。俺の中学最後のサッカーの試合を応援するために俺の好物を作ろうとしたんだってよ。まあこの火傷で出場できなかったんだけど」

お兄ちゃんのことを思ってのことだったのだろう。

「ショックはショックだったんだけど、なんつーか、俺にはない考えかただよなあって思って。俺は、俺のためにしか考えて行動してなかったなあって」

そんなふうに考えることのできる睦月くんがすごいと思った。

中学最後のサッカーの試合に出場できなくなったのに。火傷もこれほどの痕《あと》になるのだからそうとう痛かったはずだ。けれど、睦月くんは妹の気持ちをくんで、けっして責めなかったのだろうと思う。わたしだったら、笑っていても、内心では悲しくて悔しくて、相手の気持ちに寄り添うなんてきっとできない。

「だから、高校では妹みたいに他人とか動物とかを気にかけるようになったんだよ」

それであの猫か。なるほど。

「でも、いまいちよくわかんねえなあって思ってたときに小夜子を見かけて。で、話してみたら底抜けのお人好しじゃん。すげえなあって。俺には真似できねえなと」

蒸し暑い空気の中を、やさしい風が通り過ぎていった。それは睦月くんの髪の毛を揺らして、彼のやさしげな瞳《ひとみ》をあらわにさせる。

「じゃあ、真似してみようかなあって、小夜子を見て思ったんだよ」

「それで、学校の風紀を、守ろうと思ったの？」

守れているかはわからないけれど。いや、守れていないけれど。

「人を助けたり人にやさしくしたりしたら、自分もちょっとはやさしくなるだろ、俺みたいに。それって秩序を守ることにつながると思わね？　つまり、風紀を守るんだよ」

なるほど。

すごいな。すごいし、素敵だ。

「そういう秩序がこの学校に広がれば、小夜子みたいなお人好しがさびしそうにすることもねえんじゃねえかなって」

ふいにわたしの名前が聞こえてきて、胸が甘くしびれた。

まさか、そんな理由だったなんて。

わたしのため、は言いすぎだとしても、でも。

——幸せで、涙が浮かびそうになる。

「でもまあ、結局はそこまで人のために行動できねえな。無理無理」

「……でも、睦月くんのやっていることは、いつだって誰かを助けてるよ」

やっていることはかなり目立つし、まわりへの影響も大きい。それでも、彼は必ず誰かを助けている。誰かを笑顔にさせたり、気持ちを軽くさせたりしている。

だから、わたしは彼に惹《ひ》かれるんだ。

自分のために、人に手を差し出すことのできる人だから。同じ人助けでも、わたしのものとは大違いだ。わたしの真似なんかじゃない。睦月くんの考えることやすることは、誰にも真似できない、彼にしかできないことだ。

「だといいけど。俺がやりたいと思ったことしかできねえけどな」

「それが〝なんとなくスイッチ〟なんだろうね」

「おお、いいじゃんその言いかた」

睦月くんは、子どものような無邪気な笑顔をわたしに見せた。

「結局俺は、今も俺のために生きてるんだよ。でもまあ、それが誰かのためになるならいいかーって感じかな」

やっぱり、すごいな睦月くんは。

はじめて出会ったときと同じことを口にする。けれど、彼の気持ちはあのときと同じではない。それをわかっていても口にできるところが、やっぱりすごいと思う。

睦月くんが、どんな気持ちであのときわたしの目の前に立っていたのか、今こうして聞くまでわからなかった。

あの日の思い出はわたしのものだ。そして、同じ日の出来事であったとしても、睦月くんには睦月くんの、あの瞬間が胸に刻まれているのだろう。

「あれ、風紀部じゃん」

駅に向かうグラウンド沿いの道を歩いていると、サッカー部らしいひとりの男子がフェンス越しに話しかけてきた。最近、名前も知らない知り合いが増えた気がする。

「なあなあ朝桐さん、今度サッカー部のマネージャー一日やってくんない？」

「え？　ルールとかわかんない、ですけど」

「大丈夫大丈夫。部室の掃除と休憩時の買い出しとかだから。一年の女子が家庭の事情で一ヶ月部活休んでて、そろそろ限界なんだよー。部室も汚《きたね》えし」

想像するだけでサッカー部の部室はすごそうだ。

「いいですよ」

「うわ、マジで？　さすが！」

考える前に口が動く。サッカー部の男子は自分から頼んだくせにびっくりしたように目を見開いてから「助かる！　明日《あした》！　明日の放課後！」と興奮気味にわたしに言った。

「よくやるなあ」

ケラケラと笑いだした睦月くんの声ではっとする。

……もしかして、わたしはまた安請け合いをしてしまったのだろうか。

自分のために生きている彼に、わたしはどう見えているんだろうと、びくびくしながら視線を向ける。

「出会ったときのまんまだな」

彼は双眼を細くして、満足そうにわたしを見ていた。あまりにもやさしげなそれに、赤面しそうな気がしてあわてて目をそらす。

「そ、そういえば、睦月くん今朝訊《き》いたときは忘れてたのに、いつ思いだしたの？」

大きく足を前に出して、睦月くんの横に並ぶ。

「え？　なにが？　なんの話」

驚いた顔をした睦月くんが、わたしを見下ろした。

「朝、はじめて会ったときのことを訊いたでしょ。あのとき睦月くん、教室って」

「だって教室だろ」

「いや、だから、中庭でしょ」

さっきまでの会話はいったいなんだったのか。

放課後に会ったのは数日前、わたしがラブレターをなくした日だ。中庭の話は一年前のこと。そのあいだ、わたしは睦月くんと会話したことはない。さすがにそれを忘れるなんてことはありえない。

「いや、だから教室だって。一年の四月、小夜子、入学そうそう日直をかわってやって仕事押しつけられてただろ」

そんなことあったっけ、と考えてみると、記憶はすぐに蘇《よみがえ》った。

入学して二日後くらいのことだっただろうか。まだ新しい学校やクラスに慣れていない状態で、かさねとも親しくなる前だった。けれど、クラスメイトにとっては友だちができはじめ、これからどれだけ仲良くなれるか、の重要なころ。そのため、日直で誘いを断ることはできないと困っていたのをかわってあげたのだ。

相手の男子も帰ってしまい、誰もいなくなった教室で中庭を眺めていた。日誌の〝今日のコメント〟欄になにを書こうかとぼんやりと考えながら。

『さびしいならさっさと帰れば？』

誰かが廊下からそう言った。

廊下から西日が差し込んできて、相手の顔はよく見えなかった。

『さびしくないよ。放課後を、独り占めしてるみたいで、贅沢《ぜいたく》でしょ』

わたしは、そう答えた、ような気がする。

あれは本心だった。けれどさびしさがまったくなかったわけでもないから、強がってはっきりとそう言ったのだと思う。

「あれ、が？」

あのときの彼が睦月くんだったの？

「忘れてんのは小夜子のほうじゃん。ひってえなあ」

足を止めてしまったわたしを、睦月くんが振り返って笑った。

全然知らなかった。顔が見えなかったというのもある。けれど、あれだけの会話でわたしのことを覚えていてくれたことが信じられない。

「小夜子だから、中庭で捜し物してるときも、声かけたんだけどなあ」

睦月くんが両手を頭の後ろで組み、呆《あき》れたように言って再び歩きだした。

――『あの日、あの場にいたのが小夜子だから声をかけたんだよ』

あのセリフは、本当だった。

たしかに、わたしたちの出会いは偶然だった。たまたまで、ラッキーだ。けれど、そうなったのは、相手が睦月くんだからで、そして、わたしだったから。

……睦月くんは、ずるい。

とりあえずもうしばらくは睦月くんが振り返りませんように。

カバンをぎゅっと抱きしめて彼の後ろをついて歩きながら、睦月くんファンへの忠誠は誓えないなと痛感した。

今のわたしは、頭からつま先まで、夕焼け色に染まっていることだろう。

第4章　わたしは注目されたくない。

朝桐　小夜子さま

単刀直入に言わせていただきます。
ぼくと、つき合ってほしいのです。
本日放課後、駐輪場に来ていただけないでしょうか。

生まれてはじめてラブレターをもらった。

それは、すみれ色がかったきれいなポストカードくらいの大きさの便せんで、封筒はない。文字は黒色だけれどボールペンではなく万年筆で書いたと思われた。文字だけで人に惚《ほ》れる世界だったなら、わたしは間違いなく彼に惚れていただろう。

ざわざわと、まわりの喧噪《けんそう》がわたしの耳に届く。

六月後半になりじめっとした空気が体にまとわりつく。人だかりのせいで、いつもよりもひどい。ついでに、みんながわたしを一瞥《いちべつ》する。たまに凝視する人もいる。生ぬるい湿気をはらんだ風が、昇降口からやってきて、ラブレターがカサカサと揺れた。

「ちょ、ちょっとサヨ！　すごいじゃん」

靴箱そばの掲示板で呆然《ぼうぜん》と突っ立っていたわたしの背中を、遅れてやってきたかさねがバシバシと叩《たた》いた。

たしかに、すごい。ラブレターだ。わたし自身は何度も書いたことがあるけれど、まさかもらう立場になるとは思ってもいなかった。

「サヨ？　おーい、サヨ」

かさねがわたしの背中を再びバシバシと叩く。

「うお、なにこの人だかり。あれ、小夜子じゃねえか。なにしてんの」

「わ、すごいなこれは」

睦月くんらしい人の声が聞こえたと思ったら、もうひとりべつの男子の声が届く。物腰柔らかそうな口調からすると、会長だろう。ふたりはわたしの背後に立って、おそらくわたしが今見ているものに視線を向ける。

「え？　え？　なにこれ、なんで。っていうか朝桐？」

驚きと戸惑いがまざった声が近づいてきた。これはたぶん、益田くん。

どうなってんの。なにこれ。知らない。やるじゃん。でもさー。

そんな声がわたしの耳に届くけれど、どれにも反応を返すことができなかった。

生まれてはじめてのラブレターだ。うれしくないわけがない。わたしには睦月くんという心に決めた人がいるとはいえ、人に好意を抱かれるというのはとてもありがたいことだ。わたしの場合、今後一生こんな機会は訪れないかもしれない。

だがしかし。

なぜそのラブレターは靴箱そばの掲示板に貼りだされているのか。

晒《さら》されたそれは、登校してくる生徒全員に見られてしまっている。廊下には歩くことができないほど人だかりができていて、わたしは最前列から身動きがとれないままだ。集まってきた生徒はラブレターを見てから必ずわたしの顔を見る。わたしが風紀部でなければ『朝桐って誰』みたいな感じでスルーされていたかもしれない。けれど、あいにく今のわたしは不本意ながらそこそこの有名人なのだ。

なんでこんなことするの。わたしの靴箱がどこかわからなかったとか？　そうだとしてももっとべつの方法あったでしょ。嫌がらせじゃないのこれ。新手の嫌がらせかな、いじめかな。

おまけに差出人は自分の名前を書き記していない。

完全に確信犯だ。わたしの名前入りでラブレターを書いて掲示板に貼りつけるくらいなら、自分の名前も書いてよ！

「小夜子、モテるんだな、お前」

「……こんなふうにモテたくなかった……」

感心したように睦月くんに言われて、がっくりと力を落とす。わたしがラブレターをもらったことに対して、なんにも感じていない睦月くんにも、ショックを受ける。

「おい！　なにやってんだ！」

時間がたつにつれどんどん大きくなる人だかりに、職員室から先生がやってきて割り込んできた。そして、生徒たちと同じようにラブレターを見る。

「朝桐、ラブレターの自慢はもう少し内輪でやりなさい」

わたしのせいにされた。

◇◇

なんだかんだで、約五時間後——。


「もうお嫁に行けない……」

う、う、う、と涙を浮かべながらご飯を口に運ぶ。

「大げさでしょ。いいじゃん、モテるんだなあって思われただけだって」

「モテることを避けるためにそんな格好しているかさねに言われても」

慰めようとしてくれているかさねに口をとがらせると、たしかに、とあっさり納得されてしまった。

お昼休みに至るまで、ずっと見世物小屋の動物にでもなったような気分で過ごした。

廊下を歩けばすれ違う人たちからひそひそとささやかれるし、ときどき面と向かって「放課後楽しみだな！」「つき合うの？」と訊《き》いてくる人もいる。授業がはじまるたびに教室にやってきた先生には必ず一瞥される。何人かはあのラブレターをわたしが自分で貼りだしたのだと思っているかもしれない。

そんなことするはずがないのに！

風紀部に入らなければこんなに名前と顔が知れ渡ることはなかったのに！

ちなみに高峰さんには「朝桐さんみたいな地味な子なら睦月くんのそばにいるのを許可してもいいかと思ったけど、あんな目立ったことするならちょっと再考しないと……」と真剣な顔で言われてしまった。認められるのも微妙だし、退部を迫られるのも困る。山崎くんには「希有《けう》な人もいるんだな」と感心されてしまった。失礼すぎる。

わたしに平穏な学生生活はもう戻ってこないのだろうか。

なんだって手紙の主はラブレターをあんな目立つ場所に貼りつけたのか。もしもこれがわたしの睦月くんへのラブレターだったらと考えると、血の気が引く。名前を書いていなくても、冷や汗で脱水症状をおこしそうだ。わたしのことを好きらしい誰かのハートはそうとう強い。

「まあ、注目されるのは煩わしいからね」

わたしよりも先にお弁当を食べ終えたかさねが、弁当箱の蓋《ふた》を閉めてつぶやく。

「この格好、楽だし気に入ってるから、サヨのせいで私まで目立つことになったら困るんだけどなあ」

「かさねが目立てばわたしの注目度下がるのかな……」

「人を生け贄《にえ》にしないでよ。思考が睦月みたいになってるわよ！」

思いついたことを口にしたら怒られてしまった。

申し訳ないと頭を下げつつも、ふと、かさねは日常生活のどこまでをその格好で過ごしているのだろうかと疑問を抱く。

わたしは、かさねの制服姿しか見たことがない。学校では毎日一緒にいるけれど、休日に遊ぶことはなく、どこかに出かけるのは学校帰りだけ。わたしの休日は家のことでなにかと忙しく、もともと遊びに出かけることがないので誘ったこともない。家事をしたり、双子の世話をしたり、ひとり暮らしをしている社会人の兄の家を掃除したり、大学生の姉の買い物につき合わされたり。

わたしの休日って一体。

べつに不満はないけれど、これでいいのか女子高生。

「かさねって、休みの日はなにしてるの？」

「息してるけど？」

そんなことはわかっている。

質問をわざとかわすかさねをじっとりと見つめると、「ごめんごめん」と肩をすくめて笑われた。その仕草には、どことなく色気がまざっている。

「本読むか映画を観るかドラマを観るか、本屋に行くか図書館に行くか、かな」

「出かけるときは服装とか髪型とかどうしてるの？」

「ひとりのときはなにもしないわよ。今と同じ。面倒でしょ」

そっか、と返事をすると同時に、ん、とかさねの言葉に引っかかる。

「ひとりじゃないときもあるって、こと？」

「……家族とか、ね」

すいっと目をそらして、かさねが取り出した本に視線を落としながら言った。

絶対それいい感じの男子でしょ。恋のお話でしょ。え、なにそれ。

「あからさまに嘘じゃん！　なにそれなんで？　知らなかったんだけど！」

「そ、そういうんじゃないってば！」

珍しくどもってるし。

「恋愛に興味ないとか言っといて……ひっそり彼氏とか作ってたんだ……」

ふーん、ふーんとぶちぶちと言い続けると、「違うってば」とかさねは言葉を続ける。

本当に違うから、と何度も否定するところがますます怪しい。

べつにいいんだけどさ。

なんでも報告して、とは思わないけれど、それっぽい話すらしなかったのは、あえて隠していたように感じる。言わないことと隠すことは、似ているようで微妙に違う。

ふうんと言いながら相手を思い浮かべたけれど、どんな人なのか想像がつかない。やさしい人のような気もするし、ケンカップルみたいな人のような気もする。

「幼なじみみたいな、腐れ縁みたいな人だから」

「へえ」

「……そのうち、ちゃんと言うから」

申し訳なさそうに、かさねの眉《まゆ》がハの字になる。

「今はまだ、ちょっと、言えないっていうか」

本当に言えないのだろう。どう説明しようか悩みながら口にしている。

その表情から、かさねがわたしと一線を引こうとしているわけではないのがわかった。そのことに、ほっとする。距離がぐっと近づく感じがした。

「サヨこそ休日なにしてんのよ。どうせ忙しくしてるんだろうけど。いっつも人になにか頼まれてるし、家のこともあるんでしょ。それに、友だちだって多いし」

「……え？　嫉妬《しっと》？」

「違うわよ！」

かさねのセリフに胸キュンしてしまうと、思い切り否定された。かさねは普段クールだけれど、けっこうツンデレなのだと思う。

「なんだ、残念。でもそんなことないよ。友だちはいるけど、遊んだりはしないし」

かさねがわたし以外と親しくしているのは見たことがない。会話はするけれど友だちかと言われると違うだろう。ただ、かさねはひとりでもまったく気にしないと常々口にしている（だからこそさっきのセリフにときめいたのだ）。

たしかにかさねに比べたら、わたしのほうが友だちはいるだろう。クラスの女子とは、みんなそれなりに仲良くしている。けれど。

「便利だと、思われてるだけかもしれないしね……」

中学のときにもめたことがあるから、広く浅いつき合いになっている気がする。

放課後や休日にしょっちゅう約束をして遊びに行くような仲睦《なかむつ》まじい女子たちを見る

と、そんなふうに考えてしまうことがある。おそろいのポーチやストラップ、アクセサリーをつけている関係は、どこか眩《まぶ》しい。

かといって、かさねとそうしたいのかと言われると、それも違うのだけれど。

「なに言ってんの、サヨ」

テンションの低くなったわたしに、かさねが呆《あき》れた声を出す。

「差出人、わかったのか？」

それをかき消すように、睦月くんの声が教室に響いた。顔をあげるとなぜか彼のそばには益田くんもいる。目立つ二人組に、教室が少しざわついた。

「どうしたの。ふたりそろって」

「さっきそこで会ったんだよ。益田も小夜子に話があるとかで」

睦月くんの返事に、かさねが「だったらあんたは帰りなさいよ」とかなり小さな声で悪態をつく。けれどそれはしっかりと彼に届いたらしい。

「なに？　感じ悪いな陣内」

「話しかけないで」

ピリピリとした空気をまとったかさねに、睦月くんはなぜかにやにやと楽しそうな笑みを浮かべていた。ふたりが会話をするところははじめて見る。

その様子を眺めていると、

「朝桐、放課後、どうするつもり？　行かないよな？」

と益田くんが隣にやってきて言った。

彼の表情は真剣そのもので、心からわたしを心配しているのがわかる。

「まあ、行ったらギャラリーも多そうだもんねえ……」

なんせ靴箱近くの掲示板にばばんと貼りだされていたのだ。放課後呼び出された場所も、全校生徒に知れ渡っている。完璧《かんぺき》な見世物状態。想像するだけで気が重い。

でも。

「無視するわけには、いかないよ」

すっぽかして相手をそんな場所にひとりにするわけにはいかない。

明日から土日に入るとはいえ、二日間でこの話題が消え去ることはないだろう。来週からわたしは告白を無視した非道な女子として新たに注目されてしまう。

「名前は書いてなかったけど、相手も勇気を出して貼りだしたかもでしょ」

ラブレターを書くこと、それを渡すことが、どれだけ大変かわたしは知っている。なんせ八十二通も書いて、それを渡せないままなのだから。自分の不甲斐《ふがい》なさに落ち込むほどだ。最近では睦月くんとの距離に甘えて、告白することさえも諦《あきら》めつつある。

わたしの部屋にある抽斗《ひきだし》に眠っている八十一通のラブレターに申し訳なくなってきた。残りの一通はカバンの奥底に沈めているけれど、それももうボロボロで、なんのために持ち歩いているのか自分でもよくわからない。

「でも、あんなことするやつだろ。朝桐の人のよさを利用しようとしているのかも」

益田くんは身を乗り出す。

そこまで考えていなかった。つまりあのラブレターは偽物で、罰ゲームだとかに利用されているかもしれない、ということだろうか。益田くんがそこまで可能性を広げて心配してくれていることに、やっぱりやさしい人だなと思う。

「気にしすぎだよ。でも、それならそれで、まあべつに」

「よくないから！」

言葉を遮られてしまった。

びくっと体を反応させると、益田くんははっとしてから頭をぐしゃぐしゃとかく。彼の向こうで、なぜかかさねがおもしろそうな顔をしてわたしたちを見ていた。

「大丈夫だよ、本当に。心配してくれてありがとう」

正直に言えば、まわりにからかわれ注目されていることでめげそうだった。けれど益田くんのように気にかけてくれている人もいるのだと、勇気をもらえた気分だ。

「小夜子、あのラブレターが本物だったらどうすんの？」

人の噂も七十五日。今を乗り越えればそのうち風化するに違いない。

「——え？」

睦月くんが隣の机に軽く腰をのせてわたしに訊《き》いてきた。顔をあげると、思いのほか真面目なまなざしがわたしに向けられていて、言葉に詰まる。

「お人好《ひとよ》しの小夜子は、その頼みまで受け入れるわけ？」

「いや、さすがに断る、けど」

なにか、怒ってる？

わたしを見下ろす睦月くんの視線に、しどろもどろになってしまう。

「んじゃ、いいけど」

にこっと満足そうに微笑まれて、怒っていたわけではないのだと息をつく。

「いや、よくねえだろ。風紀部部長としてなんとか言ってやれよ」

「そんなこと言われても。小夜子が困ってるなら相手を捜してやろうかって訊きに来たけど、そうじゃないなら俺にできることはねえじゃん」

「でも、朝桐が……」

睦月くん、わたしのためにそんなことをしようとしてくれていたんだ。

ふたりの会話を聞きながら、喜びの芽がひょこっと顔を出す。

うわ、うれしい。睦月くんに気にしてもらってるなんて、すごい。

「しっかり断れよ」

「あ、うん」

睦月くんがわたしの頭にぽんっと一回触れる。勇気を分けてもらえたようで、頬が緩んだ。パワフルな彼の大きな手からは、不思議なパワーが出ているのかもしれない。

そして、安心できない様子の益田くんを「まあまあ」となだめて肩をつかみ、睦月くんは教室を出ていった。

ちゃんと、断ろう。さすがに好きでもない人とつき合うのは頼まれても無理だけれど。

廊下から、高峰さんが睦月くんを見つけて話しかける声が聞こえた。

「っていうかさあ」

かさねが頬杖《ほおづえ》をついて、廊下で話している睦月くんと高峰さんに視線を向ける。

「あ、やっぱりかさねも気づいた？」

「サヨも気づいてんの？　気づいててあの態度なの？」

「そりゃそうでしょ。気づいたからこその今のこの顔じゃん」

両頬を包み込むと、熱が伝わってくる。どうしても顔がにやついてしまう。

「睦月くん、わたしのこと気にしてるよね？」

わたしがラブレターをもらったことで、なにかを感じてくれたのだろうか。嫉妬とまではいかなくても、以前よりもずっと距離が近づいているのは間違いない。

へへへ、とだらしなく笑うわたしに、かさねが小さくため息をついた。

「……視野を広げたらあんなやつよりいい男はいると思うけどね」

「なに言ってんのよー！」

もう、睦月くんのことが嫌いだからって。

ほうっと息を吐き出してから、わたしのラブレターをカバンから取り出した。これをこうして見るのは、はじめて睦月くんと放課後を過ごしたあの日以来だ。ずっとファスナーつきの内ポケットに入れていたので、しわくちゃのボロボロになってしまっている。

「このラブレターはわたしのラッキーアイテムなのかも」

渡すつもりがないのに持ち歩いているのは、無意識にそう思っていたからだろうか。

今でも、これを書いた日の気持ちを思いだせる。

きっと、わたしへのラブレターを書いてくれた人も同じような気持ちだったはずだ。

だからこそ、わたしはちゃんと向き合って返事をしなくちゃいけない。

「あ、そーだ小夜子」

「うはい！」

背後から再び睦月くんの声が聞こえて、ラブレターをカバンの中に押し込んだ。もともとしわくちゃだったそれが、またぐちゃりと潰《つぶ》れたのがわかる。

「龍の件、来週末で考えてるけど、いいか？」

「わ、わかった」

「陣内も、来ていいぞ」

片頬を引き上げた睦月くんに、かさねはなにも言わなかった。

そしてわたしはそんなことよりも、今すぐラブレターを取り出してシワを伸ばしたい。ラッキーアイテムだというのにこんなぞんざいに扱っては、そのうちアンラッキーアイテムに変わり果ててしまう。

睦月くんを見送ってから、シワを伸ばしてカバンの中の一番厚い教科書に挟んだ。

なんだか今日は朝から疲れた。人に注目されるのはやっぱり苦手だ。

放課後、指定された場所は案の定ちょっとした撮影現場のような、ステージのような異様な賑《にぎ》わいを見せていた。

駐輪場は裏門に向かう途中にあり、隣にはプールがある。相手はまだ来ていないようで、ひとり注目を集めながらじっと待つ。ありとあらゆる場所からわたしに視線が集まっていて、顔をあげることができない。観衆の中には睦月くんと益田くん、そして会長にかさねまでいた。なぜだ。

六月の四時前は、まだまだ日差しが厳しい。にもかかわらず日のあたる場所でわたしの様子を観察する生徒たちの熱気に、日陰にいるわたしが熱中症になりそうだ。じりじりとコンクリートをあぶる音が聞こえて来る気がする。

ああ、暑い。ああ、緊張する。

告白されるのも、呼び出されるのもはじめてのことだ。

そして、お断りするのも。

大勢の前でそのすべての初体験をしなくちゃいけないのはどうかと思うのだけれど。人前で人をふるというのはなかなか覚悟がいる。相手の人の気持ちを考えると、胸がキリキリと痛んだ。

けれど、今のわたしがすべきこと、最優先事項はどんなことを言われても、相手がどんなにイケメンでも、はっきりと断ることだ。

――『しっかり断れよ』

睦月くんに触れられた頭に手をのせて、気持ちを落ち着かせる。

すーはーと何度も深呼吸をしていると、まわりのざわめきが大きくなった。視線を地面から校舎のほうにあげると、こちらに向かって歩いてくる人影が見えた。内臓すべてが縄で縛り上げられて口から出てきそうだ。

「あ、ごめん待った？」

やってきたのは、体格のいい熊みたいな人だった。かなり筋肉質らしく、半袖《はんそで》のシャツから伸びる腕はたくましい。身長も高く、近づくたびに首をぐぐとそらさなくてはいけなかった。百九十センチ前後はありそうだ。

「朝桐さん？」

「え？　あ、だ、大丈夫です」

ぽかんと口をあけて見上げていたわたしに、熊の彼はくいっと首をかしげる。あわてて返事をすると「緊張してるよねぇ」と目を細めて笑った。

顔の彫りが深いのでやや濃くてこわそうな印象を受けるけれど、笑うとギャップでかわいらしさが引き立つ。短く刈り上げられている髪型も、爽《さわ》やかだ。

「朝、手紙が貼りつけられててびっくりしたんじゃない？　っていうか自分もびっくりした。あれやったの朝桐さん？」

「まさか……！　っていうかてっきり相手の人がやったのかと」

「あはは、そう思うよねえ。でも違うよ、あんなことしないよー」

じゃあ、いったい誰があんなことを。

「でも、結果的にはよかったかも」

熊の彼は、周囲をぐるりと見渡して言った。

なにがよかったのか。こんなに人目があればわたしが断らないと思っているとか？　もしくは睦月くんと同じでこの人も注目されることが好きなのだろうか（睦月くんが好きなのかは知らないけれど）。

「本当にありがとうね」

「え？　あ、いや」

なにが。ここに来たこと？

それにしても彼の双眼はやたらときらっきらしている。たじろいでいると、伸びてきた大きな手がわたしの両手をつかみ、力強く握りしめた。

「あ、あの」

「じゃあ、明日《あした》、一日よろしくお願いします」

「へ？」

明日？　明日ってなに。

話についていけず狼狽《ろうばい》するわたしに、熊の彼はまったく気づかない。にこにこしたままで「いやあ、本当にいい子なんだなあ」と満足そうにひとり頷《うなず》いている。観衆がざわざわしはじめた。なんだかよくない空気を感じる。

「あの、ちょっと待ってく——」

「じゃあ、明日、十三時に百貨店のある駅の南口改札前でよろしく！　あ、じゃあ自分はこれから部活だから、ごめんね、ありがとね！」

熊の彼は身につけていた腕時計を見て、はっとしてわたしの手を離した。と同時にわたしの言葉を遮ってひとり言いたいことを言って立ち去っていく。

「いや、ちょっと！」

「ごめんごめん、また明日ゆっくりと！」

引き留めるわたしの手が宙に置き去りになる。

なにこれ。どういうこと。

ぽつんとひとり駐輪場で立ち尽くしていると、ギャラリーはぞろぞろと帰っていく。わたしと同じように首をかしげている人もいれば、これってつき合うってことでしょ、と楽しそうに盛り上がる女子もいる。

「全然断れてないじゃん、小夜子」

背後から誰かが近づく足音とともに、睦月くんの不満そうな声が届く。

「だ、だって」

「朝桐、マジでつき合うの？」と益田くんが心配そうな顔をする。

「なんなの、結局デートの約束しちゃって」かさねも呆《あき》れて言った。

「あいつは人の話を聞かないからなあ」会長は困ったように笑っている。

っていうか。

「会長、あの人のこと知ってるんですか」

熊の彼が向かった方向を指さしながら訊《き》くと「三年の熊野《くまの》だよ」と見た目にぴったりの名前を教えてくれた。覚えやすくていい。

「で？　小夜子はあいつとつき合うの？」

「いや、いやいや、だってあの人わたしの話聞かずに急にありがとうって！」

睦月くんに必死に弁明すると「まあ聞こえてたけど」と肩をすくめられてしまった。

それどういう感情からの仕草なの。呆れているのか怒っているのか、それともただただわたしの見事な流され具合に感心しているのか。

本当にいったいどうしてこうなってしまったのか。

断るつもりだったのに、そんな話をする隙がなかった。

「でも、会長はなんでここに？」

「生徒会長として、気になって、ね」

会長がわざわざ見に来るほど、今日のラブレターは校内で騒がれていたようだ。

「朝桐、本当に断るところは断らないと」

益田くんがため息まじりに言った。

「でも、あのラブレターを貼りつけたのはべつの人みたいだよ」

「そういうことじゃなくて」と益田くんが肩を落とした。

「誰がそんなことしたか捜し出してやろうか？」話を聞いて睦月くんが目を輝かせる。

「あー、でも、まあそれはいいかな。たぶん、おもしろがってやったんだと思うし……よくわかんないけど、熊野先輩もよかったって言ってたし」

「なにそれ、なんで？」

かさねの疑問にわたしもよくわかんないけど、と返す。

貼りつけた人をいまさら責めても仕方ないし、ことが終わったあとなのでまあいいかという気持ちだ。

なにより、今はそれよりも明日だ。そしてその前に。

「サッカー部に行かないと……」

「朝桐、またなにか頼まれてるの？」

またというか、いつものこというか。

今日はサッカー部で来週はバスケ部のマネージャーもどきの仕事を頼まれている。一度手伝ってからほぼ毎日どこかの部からなにかしら頼まれるようになり、以前よりも毎日が忙しい。

スケジュール管理のために手帳を持ち歩くべきかもしれない。風紀部はいつの間に便利部になったのだ。しかもわたしひとりだけが。

とりあえず教室にカバンを取りに戻らなければ。ため息をついてのろのろと靴箱に向かうと、みんなも並んで歩きだした。未《いま》だかつてないこのちぐはぐなメンバーに視線が集まるのがわかる。

途中で、益田くんは部活があるらしく足をとめる。

「朝桐、本当に明日行くの？　このままつき合うことになったりするんじゃないか？」

益田くんのやさしさが申し訳なくなる。本当に面目ない。

「なんなら今からおれが断りにでも」

「いや、いやいやそれは、大丈夫！　明日には必ず！」

自分で口にしておきながら、明日もさっきの勢いでなし崩し的にそうなったらどうしようと不安になる。好意を抱いてくれているのはときめくけれど、つき合うとなると話はべつだ。

「まあ、あんまり信用できないよな」

睦月くんにも言われてしまった。

ポケットに手を入れてぼんやりしながら吐き出されたセリフは、殺傷能力が高い。わたしは睦月くんが好きなのに。そんな誤解をされたら、この先告白できなくなってしまう。

「好きでもない人でも告白されればつき合うのだと思われたかもしれない。

「でもさあ、急に明日出かけましょうっておかしくない？」

「それはそうかもな」

「デートなんじゃない？　恋人同士としてのデートかどうかは知らないけどね」

会長が相変わらず困った顔で言った。なんでそんな顔をしているのだろう。かさねはずっと一歩後ろにいて、会話はするものの睦月くんとは目を合わさない。返事をされても無視をして腕を組んでいる。睦月くんはかさねの態度をあまり気にとめていないけれど。むしろそれがいつものことのような、そんな自然さがあった。

そう思わせるのは、会長の存在もあるのだろうか。睦月くんとかさねが親しい関係であれば、睦月くんと仲のいい会長ともかなり見知った関係なのもおかしくはない。

「睦月、明日お前もついていけよ」

観察していると、益田くんが睦月くんの肩をつかんで言った。

「おれ、明日は部活があるんだよ。でも朝桐このまま放っておいたらまずいって。中学のころからずっと、頼まれたら断れないんだよ、朝桐って」

「今もだもんなあ」

そうだけど。そんなに？　わたしってそんなにまずいの？

必死な益田くんを見ていると、焦る。いたたまれない。しかもそれをあっさりと睦月くんに同意されるのもどうなのか。わたしの信用がどんどんなくなっていく音が聞こえてくる気がする。まずい。たしかにまずい。どうにかしなければ。

でも。

「小夜子、どうする？　ついてきてほしいか？」

「いや、え、えっと」

それは熊野先輩もあまりいい気分にはならないだろう、と思ったのに、わたしの返事を遮って会長が手を叩《たた》き「いいじゃん！　オレも行くよ」と言った。

「は？」

会長の返事に、眉間《みけん》に深いシワを刻んだのはかさねだった。今にも会長に噛《か》みつきそうなほど視線が鋭い。それを「まあまあ」と会長が顔を引きつらせながらなだめる。

「友だちのこと、心配だろ？」

「……そりゃ、そうだけど、でも」

「じゃあいいじゃん。かさねも一緒に行けばいいし」

会長がにっこりと微笑んで、かさねの肩に手を置いた。会長はかさねって名前で呼んでるらしい。

「我慢しろよ、かさね」

「っなんなのよ我慢って！　うるっさいわね！」

にひひとふたりのあいだに睦月くんが割り込むと、かさねはそっぽを向き悪態をつく。

「仕方ないから私も行くからね、サヨ」

「あ、う、うん」

三人の会話に、胸がざわつく。それを振り払い返事をした。

……って。

「いや、え？　本当に来るの？」

もちろん、と睦月くんが親指を立てる。

◇　◇

待ち合わせは十三時。週末は天気が崩れるかもという天気予報だったものの、幸い降水確率は十％で傘は必要なかった。空は快晴というよりもやや曇り空に近い晴れで、太陽が頻繁に隠れるため昨日よりも過ごしやすい。

ふくらはぎまである半袖《はんそで》のデニム生地のシャツワンピに、シンプルなTシャツとスキニーパンツ、スニーカーを合わせた、カジュアルな格好で待ち合わせ場所に向かう。家を出る直前に双子が喧嘩《けんか》をはじめたので危うく遅刻するかと思ったけれど、なんとか予定どおりのバスに乗り込むことができた。

わたしはいったい、今日をどんなふうに過ごすのだろう。

まったく想像ができない。

そもそも、わたしは男子とふたりで出かけるのがはじめてだ。登下校で益田くんや睦月くんと歩く、というのとは別物だ。それに熊野先輩のことをわたしはなにも知らない。

どんな会話をすればいいのだろうか。

出会ってすぐにつき合えないと伝えたほうがいいのだろうか。

わざわざ先輩もここまで来てくれたのに、出会ってすぐにお開きに、なんていうのはどうなのだろう。わたしのことが好きで一緒に出かける、ということはいろんな計画を立ててくれているのかもしれない。

じゃあ、どこかで休憩するタイミングとか。

でも、今日は何時まで一緒にいるつもりなのだろう。

世の中の恋人同士は一緒に出かけるとき、食事の場所とか予約とか、一日のスケジュールとか、どうやって管理して共有しているのか。一方が主導権を握っている場合、もう片方は身を委《ゆだ》ねるしかないのだろうか。

……デートってなんて難易度の高いイベントなのだろう。

ぐるぐる考えているあいだに、通学経路にある大きな駅に着いた。駅前には百貨店があり、そばにはショッピングモールや映画館もある、いわゆるデートスポットだ。わたしとかさねが学校帰りに遊ぶのも、この駅が多い。

背負っている小さなリュックからパスケースを取り出し、待ち合わせ場所の南口改札を出る。正面には片道二車線の大きな道路があり、向かい側には百貨店の入り口が見える。過ごしやすい気候と土曜日ということで、多くの人が行き交っている。

かさねと睦月くん、会長もすでにどこかでわたしを見ているのだろうか。

首を左右に動かして姿を探すけれど、わからない。かさねは時間を守るタイプなので、きっとどこかにはいるのだろうけれど。どこもかしこも人で、目当ての人物を見つけるのはなかなか難しい。

昨日は三人がついてくるのはよくないのでは、と思っていたものの、いざ当日になってこうしてぽつんと立っていると心細くなる。スマホで連絡を取ってみようかとポケットに手を入れると、

「あ、朝桐さん！」

熊野先輩の声が聞こえて顔をあげた。

笑みを浮かべて近づいてくる熊野先輩は、穏やかな熊のようで、不安が少し軽くなる。

不思議な安心感のある人だ。

ラフなデニムに黒いTシャツの上から半袖のネルシャツを羽織っている熊野先輩は、やっぱり爽《さわ》やかな雰囲気をまとっている。

「ごめんね、待った？」

「いえ、大丈夫です」

昨日と同じような会話をすると、熊野先輩はわたしと同じようにぐるりとまわりを確認する。そして「うん」と満足そうに目を細めてから「じゃあ行こうか」と歩きだした。

さっきよりもうれしそうな顔をしている。

「お昼食べた？　まだだったら軽く食べない？」

「あ、はい」

そばにある歩道橋の階段をのぼり、百貨店の入り口に向かう先輩についていく。

「ここのレストラン街に、おいしいハンバーグの店があるんだよね」

行ったことある？　と訊《き》かれて素直に首を左右に振った。かさねとご飯を食べるときはいつもファストフード店ばかりだ。たまにショッピングモールで食べることもあるけれど百貨店は一度もない。家族とも、双子の小学生がいるのでファミリーレストランがほとんどだ。

お高そうなイメージだけれど、わたしのお財布はたえてくれるだろうか。念のため母にお小遣いを補塡《ほてん》してもらったものの不安だ。

そんなわたしの気持ちに気づいたのか、先輩は自分の胸をどんっと叩く。

「今日つき合ってもらってるお礼に、お昼はおごらせて」

「で、でもそれは」

「大丈夫大丈夫、そんなに高い店じゃないし、こう見えてバイトしてるから」

こう見えてと言われても。

ただ、先輩があまりにも胸を張って言うので、つい噴き出してしまう。わたしが笑ったことで、先輩も心なしかほっとしたように見えた。

百貨店の中に入ると、化粧品のにおいがする。そのフロアを通り抜け、エレベーターで九階まであがった。今度はなにかを焼いているいいにおいがする。

「少し待っけどいいかな」

どの店もお昼時なので入り口には数人が並んでいた。先輩の話していた店はほかの店の倍くらい人が並んでいる。それほどおいしいのだろう。

「今日は本当にありがとね」

「いえ」

「いやあ、助かったよー。本当に朝桐さんって、噂どおりの子なんだね」

どんな噂をされているのか容易に想像がつく。

先輩は噂だけでわたしを好きになった、ということなのだろうか。どこを好きになってくれたんですか、なんて恥ずかしくて聞けないけれど、ちょっと気になる。

ははは、となんともいえない笑みを浮かべると、視界のすみに睦月くんがいることに気がついた。物陰に隠れているので服装などはわからないけれど、間違いなく睦月くんのシルエットだ。なにがどうと説明できないけれど、たしかだ。かさねや会長の姿は見えないのは、バラバラで見てくれているのかもしれない。もしかすると、あの植木に隠れるように立っている人がかさねかも。ショートカットなのは、もしかしてウィッグとかをつけてくれているのだろうか。本格的だ。

帽子をかぶった睦月くんが、わたしを見ていた。

そして視線がぶつかる。

睦月くんは、わたしを応援するようにそっと微笑んでくれたような気がした。

──そうだ、わたしはちゃんと先輩に気持ちを伝えなくてはいけない。

「熊野先輩」

力をこめて名前を呼びかけると、

「朝桐さんは、なんで風紀部に入ったの？」

と質問をされてしまった。

「え、えーと、成り行きですね。たまたま手伝ってもらったというか手伝ったというか」

「あはは、そうなんだ。睦月くんってたしかに人を巻き込んでいくパワーみたいなものを感じるよね」

にこやかな熊野先輩に、しゅるしゅるとわたしの決意が萎《しぼ》んでいく。

こんなにもやさしくてあたたかい人なのに、わたしは傷つけなければいけないのか。

罪深い気がする。

今まで告白されたことがなかった。睦月くんに告白しようと思っていても、ふられることを覚悟していても、ふる立場の人のことを考えたことがなかった。

断るのって、こんなに覚悟がいるものなのか。

相手を傷つけるかもしれない覚悟は、こんなにも苦しいものなのか。

気持ちが、怯《ひる》む。

「どうかした？」

「いえ、なんでもないです」

急に無言になったわたしを、先輩が心配そうに覗《のぞ》き込む。首を左右に振って口の端を引きあげ笑みを作った。

しばらくすると数組が一気に店を出て、店内に案内された。さすがに中までは睦月くんたちも入ってこられない。

「朝桐さんは普段どんな休日を過ごしてるの？」

「大家族なんだね、賑《にぎ》やかでいいね」

「真ん中だから面倒見がいい性格なんだろうね」

「自分の家は四人家族なんだけど、隣に祖父母がいるから賑やかなんだ」

ほぼほぼ初対面の先輩とふたりで過ごすことに緊張していたけれど、先輩がひっきりなしに話題を振ってくれた。おまけに先輩の話はうまい。

「小さいころ、自動ドアに挟まれたことがあってさ。押したら開くやつあるでしょ？それでも近づいたら反応して開くだろうと思って滑り込んだんだけど、そこのドアは反応しなかったんだよ」

「恥ずかしかったんじゃないですか？」

「そりゃあもう、スーパーだったからみんながくすくす笑っててね」

小さいころの失敗談を、おもしろおかしく話してくれるおかげで、わたしは気を張らずに先輩と話を楽しんだ。おまけに先輩の言うように、ハンバーグは絶品で、ぺろりと百五十グラムを食べきってしまった。

「あの、先輩」

「じゃあそろそろ運動しないとね！」

いざ、というタイミングで先輩が立ち上がる。

……話をするのはすごく上手だけれど、会長が言うように人の話をあまり聞いていないのか空気をあまり察しないのか。なかなか切り出すタイミングがつかめない。店を出たら、と考えたけれど、会計直後だとご飯をタダ食いしただけに思えて気が引ける。

益田くんが言うように、わたしってけっこうやばいのでは。

このままじゃ本当にずるずるつき合うことになりかねない！

気が急《せ》くのに、行動に移せない。頭の中でだけひとりパニックになりながら、先輩と百貨店を出てそばにあるショッピングモールに入った。

「映画もいいかなと思ったんだけど、せっかくだしうろうろしようかなって」

そう言って、一階の端から端まで店を見て回った。ところどころ足をとめて雑貨を見たり文具を見たりしたものの、話をしながら歩く、のほうが正しいかもしれない。そのくらい先輩は話をし続けてくれた。

まわりには、恋人同士らしきふたり組もいる。

わたしと先輩も、きっとそう見えているのだろう。

それを、睦月くんが見ている。

そう思うと、こんなことをしていていいのかと、情けなくなる。

ただ、それでも先輩といる時間は不思議なくらい和やかにすぎていく。

「朝桐さんはさ、嫉妬《しっと》とかする？」

「え？」

突然、今までの会話と脈絡のない話をされて、素《す》っ頓狂《とんきょう》な声が出る。

「あはは、びっくりさせちゃった？」

「そう、ですね。どうしたんですか？」

うーんと先輩は今日はじめて困ったように口を閉じた。言葉を選んでいるのか、「そうだな」「なんだろう」とぶつぶつつぶやく。

「嫉妬って自分がするのは苦しいけど、されると安心するよなって」

「それは、ちょっとわかります」

自分が睦月くんと親しい女子に嫉妬するなんて身の程知らずだと思っていた。そう思うくらいにはまわりの女子を気にしていたし、そんな自分がいやだから目をそらしてごまかしていた。

けれど、昨日、ほんの少し、もしかして睦月くんはわたしを意識しているのでは、と思ったときうれしかった。なんの確証もないのに、顔がにやついたくらいだ。

「そういう態度を見せてくれないと、相手の気持ちに不安になるよなあ」

「嫉妬してくれてるってことは、愛情があるってことですもんね」

「だよねだよね」

わたしが同意したことに、先輩はあからさまにほっとした。

嫉妬、か。

昨日から、いや、数日前からずっと気になっているなにかに触れようと、胸に手をあてる。けれど、それはけっして触れられない場所にある。そして確実にわたしの体内で根を張っていて、わたしには取り出すことができない。

小さな黒ずみが、まるで錆《さび》やカビのように広がっていく。時間とともに、大きくなって、いつかどうしようもない状態になるのではないかとおびえる自分がいる。

「朝桐さん、本当に今日はありがとう」

濁りのない、純粋に感謝だけがこめられたまなざしと声色。それにはっと意識が覚醒《かくせい》し、いましかない！　と勢いよく頭を下げた。

「先輩、あの、ごめんなさい！」

「え？　なにが？」

「わ、わたし先輩とはつき合えないんです」

言った！　言えた！　はっきりと断った自分に、頭の中で拍手が聞こえる。

けれど、先輩は「なにが」と返す。

「いや、だから、その」

「もうつき合ってもらってるし、これで十分だよ」

いや、そうではなくて。

と思いつつも、十分とは？　と引っかかりを感じる。なんだか、話が嚙《か》み合っていない気がするのは、気のせいだろうか。

「っわ」

そばにあるゲームセンターから、小学生か中学生らしき子たちが突然、笑いながら飛び出てきた。わたしたちの目の前を横切って通り過ぎていく。

「元気だなあ」

先輩はおおらかに笑って走り去っていく子どもたちに視線を向ける。ですね、とわたしも同じように後ろを振り返った。

「……わ！」

その直後、さっきの子たちの友だちなのか、それともべつのグループなのか、数人の子が同じように飛び出してきたらしく、先輩の体にぶつかった。

上半身を後ろに向けていたからか、先輩の体が傾く。大きな体がスローモーションのようにゆっくりとわたしに近づいてくる。ぶつかる、と、先輩が倒れる、が同時に脳裏に浮かんで、反射的に手を広げた。

「うわ、わ、わわ」

先輩の体重がずしんとわたしの体に乗っかってきた。その衝撃にわたしまで転倒しそうになるのを、足を踏ん張りたえる。まるで抱きつくような格好になってしまったけれど、今はそれどころではない。

タイミングがずれていたら一緒にこけていたところだ。

先輩も驚いたのか、わたしの背中に手をまわしてしがみつく。こんなに大きな人なのに、と思うとちょっとかわいくて笑ってしまった。

「ご、ごめん、朝桐さん！」

「熊野！」

「小夜子！」

その瞬間、三人の声が同時にわたしの耳に届いた。

ひとりは目の前の熊野先輩、ひとりはおそらく背後にいる睦月くん。けれど、あとひとりは誰だ。声のした右側に視線を向けると、ショートカットの女性がわたしを、いや、わたしと先輩を見ていた。

……誰？


ショッピングモールの中にあるカフェは、比較的すいていた。ご飯を食べてお店を見て回っているあいだに、四時半になっていてピークがすぎたらしい。

お待たせしました、とウエイトレスのお姉さんがわたしたちのテーブルにそれぞれが頼んだドリンクを置く。

アイスコーヒーふたつにアイスティーにアイスカフェオレ。

四人の飲み物がそろうまで、誰も口を開かなかった。

わたしの隣には睦月くんがいて、目の前には熊野先輩、その隣に見知らぬ女性が座っている。

気まずい空気が占領していて、にこやかだった先輩も驚くほど口数が少ない。睦月くんはいつもどおりの表情ではあるけれど、なんとなく不機嫌そうだ。見知らぬ女性はもじもじと恥ずかしそうにしている。

なんなの、このメンバーは。

事情がまったくわからないのだけれど。

どうやら、睦月くんと同時に熊野先輩の名前を叫んだのは、先輩の知人らしかった。近づいてきた睦月くんは彼女と目を合わせたまま固まった先輩をわたしから引き剝《は》がし、ふたりを見てから「喉渇《のどかわ》かねえ?」と言った。このまま解散する雰囲気でもないので、みんな行くとも行かないとも返事することなく、店を探してこうして向かい合って座っている。

ちらりと先輩たちの奥の席に視線を向けると、かさねと会長がいるのに気がついた。ふたりも状況がよくわからないらしく、不思議そうな顔をしている。

かさねは髪の毛をひとつにくくっていて、いつもとイメージがちょっと違うものの、眼鏡も長い前髪もいつもどおりだ。服装も、無地のロンTとスキニーデニムでかなり地味目だった。私服でも美貌《びぼう》は隠すタイプらしい。会長も同じようにシンプルな格好だけれど、あふれだす王子様感でそこそこ目立っている。

「で、どういうこと？」

Tシャツを重ね着している睦月くんが、アイスコーヒーを手にして言った。もう片方の手は、かっこよく色落ちしているデニムのポケットに入れられている。ボリュームのあるスニーカーがとてもよく似合っていて、そういえば睦月くんの私服を見るのははじめてだな、と思った。できればべつのシチュエーションで拝みたかった。

「水本《みずもと》です。あの、同じ高校の三年で、熊野のクラスメイトです」

ぺこり、とショートカットの女性が頭を下げる。

水本先輩の隣にいる熊野先輩は「ははは」となぜか笑った。ほんのりと頬が赤く、口元がへにゃへにゃと歪《ゆが》んでいるのはなぜだろう。

「水本さん、ずっとふたりをつけてたろ」

「え？　そうなの？」

彼女の髪型を見て、そういえばと思いだす。物陰にいたショートカットの女性はかさねではなく、水本先輩だったようだ。

でも、なんで？

「熊野先輩のデートが気になったんじゃね？」

ストローをくわえて、ちゅうっとコーヒーを飲んでから睦月くんが答えた。

そうなんですか？　と視線で水本先輩に伝えると、彼女は顔を赤くして体を縮こませた。その様子に、熊野先輩は「最初からそう言えばよかったのに」と相変わらずにこにこしながら言う。

ふたりは、まるで両想いのカップルのようだ。

恥ずかしがる彼女と、そんな彼女をかわいいなと思っている彼氏、にしか見えない。

熊野先輩もわたしと一緒にいるときよりもすごく砕けた態度と口調だ。

ってことは、どういうことだ。

睦月くんを横目で見る。視線に気づいてわたしを見た睦月くんは、呆《あき》れたように肩をすくめるだけだった。わたしひとりが理解していないらしい。

「どういうこと？」

目の前で「ほんとなにしてんの」「うるさいな」と仲良く言い合いをしはじめた先輩たちに聞こえないよう小声で睦月くんに訊《き》くと「小夜子は利用されたってことじゃねえかなあ」と返事がきた。

クエスチョンマークがいくつも浮かぶ。

利用ってわたしを？　いつ？　なんで？

きょとんとしていると、話が聞こえていたのか熊野先輩もわたしを見て首を傾ける。

「あれ、知ってて昨日来てくれたんじゃなかったの？」

「なにをですか？」

全然わからない。水本先輩もわたしと同じ気持ちらしく、わたしと熊野先輩を交互に見ていた。わたしは熊野先輩と睦月くんを交互に見る。

「手紙の二枚目に、書いてた、よね？」

「二枚目？　わたしが見たのは、あの貼りだされていた一枚だけです」

あの手紙に続きがあったのか。

一枚で用件はまとまっていたので、二枚目があるとは思わなかった。でもそう考えると名前が書かれていないのも納得だ。貼りだした誰かがおもしろくないからと一枚だけを見せしめにしたのだろう。

で、二枚目にはなにを書いていたのだろう。

「手紙に、ちゃんと書いてたからわかってくれてるのかと」

もごもごしながら、さっきまで笑顔だった熊野先輩が顔を真っ青にしていく。そして、ちらっと隣の水本先輩を見て、ためらいながらゆっくりと話をしてくれた。

二枚目の手紙には『実は、好きな人がいるんですが、彼女の気持ちがわからず踏み込む勇気が出ません。そこで、彼女の気持ちをたしかめるために、明日《あした》一日デートにつき合ってくれませんか』と書かれていたらしい。

熊野先輩は手紙にちゃんと事情を書いていて、それを読んでいるだろうと信じて疑わなかったために、駐輪場で「ありがとう」「よろしく」と言っていたということだ。ああ、だから熊野先輩はあの手紙を貼りだしたのはわたしだと思ったのか。そうすることでわたしが気になる彼女に嘘を真実だと思い込ませようとしたのだろう、と。だから熊野先輩は「よかった」と言ったのか。

ってことはつまり。

熊野先輩が好きな人は水本先輩だったって、ことか。

「な、なにそれ！」

わたしよりも水本先輩が驚いた顔をして大きな声を出した。

「な、そ、そんな理由だったの！」

ショートカットの水本先輩は、化粧っ気はないものの整った顔立ちをしている。ボーイッシュな印象もあるけれど、柔らかく頼りがいのあるお姉さんのような雰囲気だ。ぱっと見た感じあまり怒ったりするようには見えないのに、今は熊野先輩に雷を落としそうなほどピリピリとしたものを体から放っている。

おとなしい人ほど怒るとこわいって、こんな感じだろうか。

「あたしは……昨日熊野に好きな人がいるとか、デートするとか聞いてから、ずっとショックだったんだから！」

「水本だって、普段ちっともそんなそぶり見せないじゃないか」

「そうだけど、でも」

目の前のふたりのやりとりは、ただの恋人同士の痴話喧嘩《げんか》だ。

……完全に両想いでしょ。

ふたりの話をまとめると、熊野先輩は水本先輩の反応を見るために「好きな人がいる」と嘘をついたようだ。そして「デートをする」とも宣言していたとか。その相手に選ばれたのがわたしで、水本先輩は不安でついてきたということだ。

遠回りしすぎだろ。水本先輩もデートの尾行をするくらい心配ならばさっさと素直になるほうが簡単なのでは。回りくどいし意地っ張りがすぎる。熊野先輩もなんで不安になるんだ。わたしとデートなんて嘘をつかなくてもたしかめる方法はあったはず。

まあ、この件で雨降って地固まるならいいのだけれど。

どう見ても両想いなので、大丈夫だろう。

アイスティーを飲みながら先輩ふたりのやりとりを微笑ましい気持ちで眺めた。熊野先輩は頰をほんのりと紅潮させている。怒られているけれど、それも彼女からの愛情だと感じているのだろう。それだけ水本先輩が好きらしい。

……つまり、わたしのことはなんとも思っていなかった。

山崎くんに続いて二度目の勘違い！

しかも、つき合えないんです、とか言っちゃったよわたし！

笑みを顔に貼りつけつつも、内心恥ずかしくて今すぐこの場から立ち去りたくなった。

馬鹿じゃないの、わたし！　ラブレターをもらった時点でおかしいと思うべきだったのだ。一度《ひと》も話したことのない先輩が、わたしを好きになるはずがないというのに。

目惚《めぼ》れされるような容姿でも、人目を集めるような社交的な性格でもないくせに。

水滴で手が濡《ぬ》れるのも気にせずグラスを両手でつかむ。羞恥《しゅうち》にたえていると手に力がこめられて、グラスを割ってしまいそうだ。

「睦月くんは、気づいてたの?」

ふうっと顔の熱を吐き出すように深呼吸をしてから、睦月くんに訊く。

「途中からあの人もなんかつけてるなあって思って。まあちゃんとわかったのはふたりが顔を合わせてからかな」

ということは、かさねと会長もすでになんとなく気づいているのかもしれない。知らなかったのはわたしだけ、か。

なんてかっこ悪い結果だ。

恥ずかしさが引いていくと、かわりに切なさがこみ上げてくる。最初から知っていればこんな気持ちにはならなかったのに。むしろこの状態に拍手をして喜びを贈れたのに。

掲示板に貼りつけた人を捜し出す気はなかったけれど、わざわざ二枚目を隠したのは故意なのか問い詰めたくなってくる。

睦月くんはアイスコーヒーのグラスを手にして、それをコン、と音を鳴らしテーブルに置いた。先輩たちはその音にはっとして視線を睦月くんに向ける。

「痴話喧嘩はその辺で。今は小夜子に言うべきことがあるんじゃないっすか」

「あ、そうだな、朝桐さん、本当にありがとう」

熊野先輩が深々とわたしに頭を下げた。

「内容が伝わっていなかったにもかかわらず、こうしてつき合ってくれてありがとう」

「いえ、そんな」

丁寧にお礼を言われると、勘違いはあったものの結果的によかったなと思う。

「水本」

そして、さっきまで言い合いをしていた水本先輩に、熊野先輩が真面目な顔をして向き合う。空気がぴんと張り詰めて、もしや、とわたしまで息詰まる。

「騙《だま》してごめん。本当はずっと、水本が好きだったんだ。でも、水本はほかの男子とも仲良くて、嫉妬《しっと》してるのは自分だけで、水本は自分のことなんとも思ってないんじゃないか、両想いだと思い込んでるのは自分だけなんじゃないかって――」

「いやいやいやいや、なにしてんの先輩たち」

告白シーンをこんな間近で見られるとは！　と固唾《かたず》を呑《の》んで見守っていた。はずなのに、睦月くんの明るい声がムードをぶち壊す。

いやいやいやいや。睦月くんがいやいやいやいや、だよ。

今めちゃくちゃいいシーンだったじゃん。もうちょっとでふたりは想いをたしかめ合って抱きしめ合う――みたいな、そんなクライマックスだったのに。

ふたりともぽかんと口をあけて固まってしまっている。

「なにこれ、チープでだっさいトレンディドラマかよ」

睦月くんの発言に悪意がありすぎる。

「人を利用しといてなに純愛装ってんの？」

睦月くんは怒っていた。先輩たちに詰め寄る睦月くんに、声をかけることができない。

「あんた、小夜子をなんだと思ってんの？」

「いや、その」

睦月くんよりも体の大きな熊野先輩が萎縮《いしゅく》する。

「なんで小夜子なわけ？」

「風紀部の朝桐さんは、頼み事を断らないって、言うから」

そんなに校内で話題になっていたのか。どうりで最近特に頼まれ事が多いと思っていた。

「頼み事を断らないことを、便利に使うんじゃねえよ」

間抜けなことを考えていた頭が、睦月くんの怒気を孕《はら》んだ低い声で真っ白になる。

「お前のは頼み事じゃねえ、ただの利用だ。小夜子のやさしさにつけ込むな」

今まで、同じようなことを言われてきた。けれど、それはいつも、わたしが気をつけるべきだと、そういう意味合いだった。

――『利用されてない？』

――『断らないとだめだよ』

――『なんでそんなにお節介なの？』

――『利用されてるだけじゃん』

でも、睦月くんはわたしにではなく相手に言っている。

「手紙に書いていたから、来てくれたから、引き受けてくれたんだって、思って」

「引き受けるから頼むのかよ。小夜子はまわりにあんたとつき合ったと思われて、で、そのあとあんたはその女とつき合って、じゃあ小夜子は？　小夜子のこと考えたか？」

そんなの、自分でも考えたことがなかった。

目からうろこがぼとぼとと剝《は》がれ落ちる。熊野先輩も同じ気持ちなのか、目を丸くしてから申し訳なさそうにテーブルに視線を落とした。

「それは」

「あんた体は大きいくせに、なに小さい声出してんのよ」

突如、背後からかさねが身を乗り出して声を張り上げる。店内にいた人たちが瞬時にわたしたちに注目して、それに会長が「すみませんすみません」と頭を下げた。

「やることがずるいのよ。こういう駆け引きするやつ、むかつくんだけど」

「かさねは黙ってろよ。話がややこしくなるんだから」

「は？　そもそも燿がサヨを風紀部に入れたのが原因でしょうが」

犬を追い払うみたいに手を上下に振った睦月くんに、かさねがドスの利いた声で言い返す。会長は「ほら、店の迷惑になるから」とふたりをなだめた。

「あの、熊野だけじゃなくて、あたしもなんです。いつの間にか意地を張ってお互いに引けなくなってしまって」

かさねと睦月くんに責められて肩を落とす熊野先輩をかばうように、水本先輩が言う。

「だからなに？　知らないしそんなこと」

それを、かさねは一蹴《いっしゅう》する。

その様子を、自分のことなのにわたしはただの傍観者としてそこで見ていた。

わたしは、かさねのことをもしかしたらなにも知らないのかもしれない。学校で一緒にいて、放課後に遊ぶこともある。趣味は恋愛系のドラマやマンガや小説。美人だけれど理由があってそれを隠している。そして、睦月くんのことを毛嫌いしている。

わたしの知っていることはすべて表面的なものだけだ。地味な見かけにしている明確な理由も、睦月くんのことをあれほど嫌う理由も知らない。

ふたりが、下の名前で呼び合う仲だということも、今の今まで知らなかった。

胸の中にあった黒い豆粒みたいななにかが少しずつ大きくなってわたしの体内にじわじわとしみ広がっていく。

——これは、嫉妬だ。

「ごめん、朝桐さん」

ぼんやりと自分の感情の分析をしていると、熊野先輩がテーブルに額をつける。項垂《うなだ》れるようなそれに、熊野先輩がわたしに対して後悔しているのだと感じる。

「先輩」

だから、わたしはあえて明るい声で呼びかけた。さっきまで怒っていたかさねも、それを諫《いさ》めていた睦月くんも、なだめていた会長も、口を閉じてわたしを見る。

「さっき、嫉妬の話をしたじゃないですか」

熊野先輩は水本先輩に嫉妬してほしかったのだろう。

「嫉妬はされると、たしかにうれしいです」

相手からの愛情をわかりやすく感じることができる。わたしも、睦月くんが嫉妬してくれたらうれしい。かさねがわたしと遊べないことを残念がってくれるのもうれしい。

「わたし、小学四年生の双子の弟と妹がいるんですけど、昔、弟が風邪を引いたときにわたしが看病したんです。そしたら、妹が拗《す》ねちゃったんですよ」

わたしが弟ばかりを気にかけるから妹が嫉妬してしまった、とわかったのは、数日後のことだった。最近妹が不機嫌なのだと姉に相談したときに教えてもらった。

「うれしかったんです、妹にとってわたしってそんなに特別な存在なんだなあって。でも、そのときの妹は今にも泣きそうな顔をしていました」

しばらくは、なぜか前のようにわたしに甘えてくれず、さびしく思った。やっと素直になってくれたのは一週間ほどあとで、そのときは嫉妬されたと聞いたときよりも、妹のことを愛《いと》おしく思ったのを覚えている。

そして、それを聞いた弟は「ぼくだって今までたくさん我慢してたし！」と泣きながら抱きついた。わたしだけではなく、妹にも。

「その嫉妬を、お互い素直に口にできる関係っていいなって思います。嫉妬することなく愛情が感じられる関係も、すごくすごく、憧《あこが》れます」

わたしの言葉に、みんなが耳を傾けてくれているのがわかる。

昔のふたりを思いだすと、つい頬が緩んで、少し胸が痛くなる。

そして、胸の中にある黒カビみたいなやっかいなものに意識を向ける。あのときのふたりは、数日間、今のわたしのような気分で、鬱屈《うっくつ》した日々を過ごしていたのだろうか。

「だって、嫉妬するのはやっぱりつらいじゃないですか。自分のことが嫌いになりそうなくらい苦しいじゃないですか」

誰かが悪いわけじゃないのに、責めたくなる。

いやだ。こんな気持ちになることが、いやだ。

出口の見つからない真っ暗闇で、必死にもがく。

その原因は、人からすれば些細《ささい》なことかもしれない。けれど、そんなことは関係ないのだ。自分が抱くのだから。

仕方のないものなのだと思う。しちゃいけないものではない。感情はいつだって制御不能だし、善悪で割り切れるものでもない。

ただ。

「だから、相手を、わざとそんな気持ちにさせちゃ、だめですよ」

ね、と念を押すように微笑むと、熊野先輩はそっと水本先輩を見てからわたしと再び目を合わせ、ゆっくりと頷《うなず》いた。そして「ごめん」と小さな声で言った。それが、わたしへのものなのか、水本先輩へのものなのかはわからないけれど。

「でも、よかったですね！　ね？」

　しんと静まった空気を一掃するように、軽やかに言った。

　かさねは仕方ないなと言いたげに苦い顔をして、会長は柔らかい笑みを浮かべた。睦月くんは納得できていない様子だったものの「よかったんじゃねえの」と言ってくれる。

　これで一件落着だ。

　氷が溶けだして水っぽくなってしまったアイスティーの残りを一気に飲み干し、あとはふたりきりにさせてあげようと立ち上がる。

「朝桐さん、本当にありがとう」

　熊野先輩が腰を浮かせてわたしの手をぎゅっと握りしめる。まるで政治家の握手のように両手で包み込まれた。熊のように大きな手は、肉厚である。

「気にしないでください」

「気にしろ」

　熊野先輩の手を取り、効果音が聞こえそうな勢いで睦月くんが剝がす。そしてそのままわたしの手を取り、すたすたとレジに向かって歩きだした。

「え？　ちょ、睦月くん？」

「ここはあいつに払わせればいいんじゃねえの」

　会計もだけれど、このまま出ていっていいのだろうか。

　戸惑いながら振り返ると、かさねがむすっとした顔でそっぽを向いていた。隣の会長はひらひらと手を振りながら「またね」と言っている。ふたりはまだ店内に残るらしい。熊野先輩たちも頭を下げてわたしたちを見送ってくれた。

気がつけば五時半近く。

相変わらずショッピングモールの中は賑《にぎ》わっているけれど、心なしか昼よりも子どもたちの姿が少なくなったように見える。カフェを出てから睦月くんは早足だったものの、しばらくしてから速度を落とした。

それでも、手は握られたまま。

わたしの手汗がすごそうなので、ちょっといったん拭《ふ》かせてほしい。でも、それを言ったらもう二度と手をつなげないかもしれない。

この場合どうするのが正解でしょうか。

いや、そもそもなぜ手をつないで歩いているのか。

通り過ぎたアパレルショップのショウウインドウに、わたしと睦月くんの姿が映し出される。ラフな格好なのにセンスを感じる睦月くんに、カジュアルなわたし。お似合いかどうかはべつとして、この姿はどう見ても恋人同士ではないか。

こんなことならもっとおしゃれしてくればよかった!

いや、それはさておき。

「結局先輩の手紙を掲示板に貼りだした人って誰なんだろ」

ふと気になってひとりごちると、睦月くんがちらりと振り返りそれを拾い上げた。

「もう犯人の目処《めど》はついているから月曜日小夜子の前に連れてきてやるよ」

悪知恵を働かせているような顔をして、睦月くんが言った。

いつの間に。昨日一度断ったのに、捜してくれていたのだろうか。それって、わたしのため、だよね。

キュンとしそうになって、あわてて息をとめる。

いやいやいや、これで何度失敗すれば気が済むんだ。これ以上勘違いしていたら、掘る穴がブラジルまで届きかねない。

「怒ってるとかじゃなくて、気になるだけだから。二枚目があればもっと話はスムーズに進んだのになあって思っただけで」

なので目立つ行為はしないでほしいな、と遠回しに伝えてみた。

「ったく、もうちょっと怒ってもいいのに」

睦月くんが前を向いたままつぶやく。犯人のことだけじゃなく、熊野先輩たちのこともそのセリフにはこめられていた。

「全部、わたしが断らないせいだから」

そういう印象を与えていたわたしが、そもそもの元凶なのではないかと思う。昔から再三忠告されていたにもかかわらず、ほいほいと人の頼みを受け入れてきたから。

「は？　なんで小夜子のせいになるんだよ」

睦月くんは眉《まゆ》をひそめて振り返った。

「でも、今までみんなに言われてたし。断らないとだめだって」

わたしの返事に、睦月くんが不思議そうな顔をする。表情だけで、なに言ってんの？と思われているのがわかった。


「小夜子は断りたいわけ？」


そんなことを聞かれるのははじめてで、自分でも考えたことがなかった。

ぽかんと口をあけて固まるわたしに、睦月くんは口の端をかすかにあげる。おそらく、わたしの返事をわかっているのだろう。

睦月くんの手が、わたしの手を強く握る。

「小夜子は、あいつの頼みを最初から知ってたら、断ってたのか？」

「……たぶん、引き受けて、た」

二枚目の存在を知らなかったので戸惑ったけれど、はじめからそれをわかっていたら、わたしはどうしただろう。嫉妬《しっと》させるためにこんなことをするなんていいのかなあと思いつつ、引き受けるような気がした。断ってもきっと先輩は『じゃあ今すぐ告白しよう！』とはならないだろうし、結果的にうまくいくだろうと思えば出かけるくらいなんてことはない。

……うん、引き受けたと思う。

「利用されるのはたしかに問題だけど、利用するほうが悪いに決まってんだろ。詐欺師に騙《だま》されたとき、騙されたほうが悪いわけねえじゃん」

ショッピングモールを抜けて外に出ると、日がゆっくりと傾きはじめている。夕方の蒸し暑い空気がわたしたちを包み込んだ。赤信号の手前で、睦月くんが足をとめる。

「自己防衛は大事だ。でも、どんな理由があっても悪いのは相手だ」

まわりからは、いろんな人の声やファストフード店から流れる音楽、信号の音、そして車のエンジン音などが聞こえてくる。

なのに、睦月くんの声だけが、際立ってわたしの鼓膜を響かせた。

「小夜子はお人好《ひとよ》しだけど、ただ断れないだけじゃねえだろ」

今までずっと、断れないわたしが悪いんだと思っていた。そうしなくちゃいけないんだと。なのにやっぱり引き受けてしまう自分は、なんて弱いのだろうかと考えていた。

でも。

わたしは、断りたいとは思っていなかった。

いやだと、思ったことがない。面倒な仕事を押しつけられても、放課後をよくわからない用事で過ごしてしまっても、それを苦に感じたことがない。

「――うん」

わたし、頼まれることが、好きなんだ。

はっきりと答えると、睦月くんは目を細めて青信号を渡りだす。引かれるままに、わたしもついていく。足下にあるふたつの影は、ぴったりとくっついていた。

「断りたいなんて微塵《みじん》も思ってねえから、すげえんだよ」

すごいのか。そうだったのか。

「前に、中庭で会ったとき、睦月くんに『俺は、俺のために生きてるからな』『あんたは？』って訊《き》かれて、ずっと、考えてたの」

「ああ、そんなこと訊いたかも」

「睦月くんは自分のために生きてるのに、お人好しの断れないわたしは、人のために生きてるのかなって。睦月くんからしたら変だと思われてるのかなって」

睦月くんが羨《うらや》ましかった。眩《まぶ》しかった。それをずっと、わたしと違う考えかたで過ごしているからだと思った。

でも、違う。わたしが憧《あこが》れたのは、そこじゃない。

「わたしも、わたしのために生きてたんだよね、きっと」

そう、自信を持って言えることだった。

「そりゃそうだろ」

ぶはは、と睦月くんが声を出して笑う。

「じゃなきゃそこまでお人好しになれねえよ。だからこそ、小夜子に出会って俺は風紀部をはじめようと思ったんだから」

この前もそんなことを言ってくれた。そのときは、人を手伝う行為のことを指しているのだと思った。でも、そうじゃなかったんだ。

「自分のために生きて、それが人のためになってるなんて、すげーなって」

体が、軽くなる。

このまま空に向かってジャンプできそうなくらいに、重力を感じなくなった。足下が地面から数センチ浮いているのかもしれない。

そっか。わたし、べつに断らなくていいんだ。

わたしのために、引き受けていいんだ。

「俺の妹にも見習ってほしいな」

睦月くんは、けけけ、と意地悪を企《たくら》むお兄ちゃんの顔をする。

ああ、わたしやっぱり、睦月くんのことが好きだ。

この手をずっと、離したくないくらいに。

◇◇

「今度こそ、わたしは告白するから！」

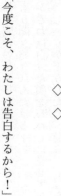

休み明けの月曜日、朝、学校に着いてそうそう、かさねに宣言した。

「もう聞き飽きたんだけどー」

かさねは白けた顔をわたしに見せてから、手にしていた本のページをめくって言った。

「っていうかどうしたの、急に。しばらくは考えないことにするとか言ってたのに」

「まあ、そうなんだけど。やっぱりこのままじゃだめだなって」

告白するのは今もこわい。睦月くんと親しくなる前なら告白しようと思えた（できなかったけれど）。だって、断られても関係がかわることはなかったから。はじめから他人で、ふられても他人のまま。失うものはなにもない。

けれど、今は違う。

もう名前を呼んでくれなくなるかもしれないし、風紀部を続けることも難しくなるかもしれない。今までの睦月くんとの関わりを失わなければいけない。

それでも、このままだとわたしはいつか、かさねに嫉妬して全身真っ黒に染まってただれてしまうかもしれない。恋心が醜いべつのものになるかもしれない。そうなってしまったら、益田くんに不幸のメールを送った藤堂さんのように、好きになったことを抹消したくなるのかも。

そんなことになる前に、気持ちを伝えたいんだ。

「なに？　応援しないわよ」

「はは、わかってるよ」

じっとかさねを見つめていると、怪訝《けげん》な顔をして言われてしまう。

かさねが睦月くんのことを嫌っているのは嘘ではない、と思う。その原因を、今ここでかさねに訊けば素直に答えてくれるだろうか。

でも、わたしはなんて答えてほしいのか。

親しかったと直接聞けば、この嫉妬はなくなるのか。親しくないと言われたところでわたしはそれを信じられるのか。考えると、どちらでもわたしの気持ちにあまり変化はなさそうだと思ったのだ。

だったら、聞く必要はない。

「わたし、かさねのことも大好きだよ」

「なにそれ。べつに嫉妬してるわけじゃないし」

かさねがかすかに耳を赤くした。へへ、とはにかむわたしを見て、それをごまかすように「で？　今度っていつよ」と素っ気なく言う。

「……それは、今度」

告白は決心したけど、行動に移す決心はまだもう少しかかるのだ。

かさねは「期待できないわね、それは」と小さく頭を振った。

「ほら、来たよ。ちょうどいいじゃん。今だよ、行っておいで」

喧噪《けんそう》が近づいてきたことで、睦月くんの登校を察したかさねが顎《あご》で彼のほうを指す。

「無理だし！」

「そんなこと言ってたら、あっという間に卒業になるけど」

「そんなこと、ある、かもしれないけど、いや、さすがにそんなには！」

不吉なことを言わないでほしい。

たしかに、と考え込んでしまう。少なくともわたしは告白しようと思ってから八十二通のラブレターをしたためたものの、それをすべて渡せないまま一年近くを過ごしてきたのだ。ある意味前科者だ。

あのころよりも勇気がいる告白となると、あと五年くらいかかるかもしれない。

「あ、小夜子ー、おっす」

廊下から睦月くんに名前を呼ばれて「はい！」と元気に返事をする。告白すると、この朝の挨拶《あいさつ》もなくなっちゃうのだろうかと考えて、また決意が鈍る。

「こいつ、騒ぎの元凶」

睦月くんのそばには、今にも泣きだしそうな顔のひとりの男子がいた。どこかで見たことがある短髪と一重の目元。いかにもお調子者の感じがある。

「あ、益田くんの友だちだよね」

「こいつがあのラブレターを貼りつけたんだってよ」

「す、すみませんでした！　その、出来心で！」

そういえば犯人を見つけたと言っていたことを思いだす。すっかり忘れていた。ああ、と間抜けな返事をするわたしのかわりに「は？　なにしてくれてんの？」と怒ったのは

かさねだった。今にも食ってかかりそうな勢いで男子に近づく。と、
「いや、本当に知らなかったんです！　二枚目があるのは！　二枚目に実はラブレター
じゃないとか書かれてるのを知らなくて！」
大声で謝罪をされた。
「違ったの？」「じゃああれなんだったわけ？」「つき合ってないの？」「騙《だま》されたって
こと？」「朝桐かわいそ」「どうしたの？　ふられたの？」
廊下や教室からそんな声が聞こえはじめる。
え？　なにこの状況。みんながわたしに哀れみの目を向けてくるのですが。
「よかったな小夜子、誤解がとけて」
「いや、いやいや、え？　わざと？　わざとなの？」
睦月くんの晴れ晴れしい笑みが、目にしみる。なにその菩薩《ぼさつ》みたいな笑みは。後光が
差しているような気さえする。窓から差し込む太陽の光が、似合いすぎている。
――絶対わざとじゃん！
誤解をとこうとしてくれたのはうれしいけれど。いや、そもそもこの男子がわたしへ
のラブレターを貼りだしたのって、不幸のメールの仕返しみたいなものも含まれている
ような気がする。あれ？　じゃあ元を辿《たど》れば睦月くんのせいなのでは……。
驚愕《きょうがく》の事実に気づいてしまい呆然《ぼうぜん》とするわたしに、睦月くんが男子をぐいとわたしに
近づけた。男子が「ひい」と小さな悲鳴をあげる。

「殴る?」

「いや、いいです……あの、もうそっとしておいてほしいです」

同情の視線がブスブスと突き刺さって涙が出そうだ。

「朝桐さん、今までのお礼に合コンセッティングしようか?」「それなら男子が集めたほうがいいって」「友だちに彼女募集のやつがいてさ」「女子会でぱーっと遊ぶ?」

みんなのやさしさがつらい。完全に不憫《ふびん》な子だと思われている。

「あ、ついでに小夜子、世界史の資料集持ってる?」

「いや、今日は世界史はないんだけど……あ、いやあるかな」

先週からカバンに入れっぱなしになっているのを思いだし、とぼとぼと自分の席に戻り資料集を取り出す。それを手にして睦月くんに手渡した。

「小夜子は本当に頼りになるな」

資料集で頭をぱふぱふと叩《たた》かれる。

土曜日は勇気づけられたけれど、もしかしてもしかすると、わたしを一番利用しているのは睦月くんなのではないだろうか。

打ちひしがれるわたしに、かさねが「本当にあれでいいの?」と訊《き》いた。

——一刻も早く、告白しよう。

いろんな意味でわたしの決意が固まる。

第５章　わたしは失恋したくない。

睦月　燿さま

わたしは、睦月くんのことが好きです。

朝桐　小夜子

八十三通目のラブレターは、過去最高にシンプルなものになった。わたしはシンプル・イズ・ベストを極めた。

その手紙をショルダーバッグの後ろポケットに入れて、八十二通目のしわくちゃのラブレターを除いた八十一通のラブレターを小さな紙箱にまとめる。そして、今までの想いを紙袋に入れて、大事に大事に抱えながら家を出た――のだけれど。

「俺、ラブレターもらっちゃった」

ふへへ、と睦月くんが自慢するかのようにわたしに言った。優越感の中に喜悦がまじっているその表情に、頭をガツンと殴られたような衝撃が走る。

珍しく、彼の顔はいつもより赤いような気がしないでもない。

睦月くんがラブレターにそんなに喜ぶなんて。

だ、誰からのラブレターですか！

◇　◇

遡《さかのぼ》ること、約一時間前——。

電車で約三十分、駅から徒歩五分の目的地に着き、目の前にあるレストランを見て思わず「ほわあ」とため息のような声を出す。

会長は本当に王子様だったらしい。

不幸のメールの件のお礼にランチをごちそうしてくれるというので、こうして六月下旬の土曜日、指定されたお店に向かった。もらった地図は乗り換えのある大きな駅から一駅という、おしゃれなお店が並ぶ場所で、ネットで調べたところまだオープン前のレストランだったから騙されているのではと少々不安を抱いていた。

着いてその不安がますます大きくなる。

入り口はまるで森のように木々が生い茂っていて、そこに華奢《きゃしゃ》でレトロなスチールの門扉。そばにある黒板の看板には『本日、プレオープン貸し切り』と書かれている。

繁華街からは離れているので、あたりは車や人も少なく穏やかで閑静だ。そばに公園があるものの、子どもはおらず犬を連れた人が数人いるくらい。マンションやビルもないので、空が広く見える。

雲ひとつない青白い空に緑のコントラストがなんと美麗なことか。

本当にこの店でいいのだろうか。間違えているのでは。真夏のような日差しから浮かぶ汗にべつの汗がまざる。

「なにしてんの、サヨ」

ぼーっとその店の前でたたずんでいると、後ろから名前を呼ばれて振り向いた。クール系美女が腰に手をあてわたしを見て立っている。白いシャツに黒いサロペット、足下はヒールのあるサンダル。そして赤のクラッチバッグ。胸元の小さなネックレスが、太陽の光をきらりと反射させた。

誰だこの見目麗しい人は。

と、目を瞬《しばた》き、はっとする。

「え？　え！　かさね？」

「なによ」

なによ、ではない。学校とは別人のような雰囲気に一瞬わからなかった。

「うわあ、うわあああああ、美人だねえ」

「ちょ、やめてよ。そういうのほんとやめて」

かさねは長い髪の毛をかきあげて、苦々しい顔をする。

美人だと知っていたけれど、まさかこれほどとは。服装のセンスも大人っぽくてかっこいい。シンプルなのに洗練されている。美しい人は着飾らなくても素材だけで映えるようだ。先週、熊野先輩とのデート（？）で見たかさねとは別人にしか見えない。学校のみんながこのかさねを見たらひっくり返ってしまうだろう。

あまりにキマっている親友の姿に、自分の格好を確認する。

場所を調べてから、服装は姉に相談し一式を貸してもらった。アンティークグリーンとブラックの切り替え、そして左側にだけ黒色のレースの入っているワンピース。柄の入ったストッキングにパンプス。小さなショルダーバッグにアクセサリー。

なんだか意気込みすぎたような気もするし、逆にカジュアルなような気もする。

「龍が貸し切りだって言うからそれなりの格好したけど、じろじろ不躾《ぶしつけ》に見られて気分が悪い。ほんとうんざりする」

電車にこんな女の子がいたらそりゃあ目立つだろう。モデルのようなオーラを感じるので、かさねを知っているわたしでも凝視してしまう。

「声かけて来るやつとかもいるし。初対面の軽い男についていくわけないじゃん」

かさねは心底いやそうに顔を歪《ゆが》ませている。

「だから隠してるの？」

「まあそれもあるかな……目立つといいことないからね」

美人は美人で大変そうだな。わたしには一生縁がない悩みだ。

「私はサヨみたいに女子に好かれる性格でもないし」

怒っていたものの、どこかさびしげな声だった。わたしの場合、好かれていると言うよりも嫌われるほど親しくないから、だと思うけれど。

「んじゃさっさと入ろうか。中に入れば気を遣わないだろうし」

かさねは門に手をかけて中に入っていく。緊張しつつもその後に続いた。左右にある緑が日差しを遮ってくれていて、涼しい。

「っていうか貸し切りって、なに。プレオープンって、どういうこと」

「龍の母親がこの店のオーナーかなんかなんだって」

オーナーという響きのお金持ち感に、ほえええ、と鳴き声をあげる。

「まあこの店だけじゃなくていろいろやってるらしいけど。ホテルとかレストランとかエステとか。タイミングがちょうどいいからこの店にしたみたいよ」

「御曹司ってやつ？　リアルにいるんだね……」

かさねに借りた本にもそういう設定の男性がいたけれど、あれはフィクションの中の生き物だと思っていた。

会長のことを睦月くんと同じように、龍、と呼んでいることから、ふたりの、いや三人の関係の近さがうかがえる。顔見知りなだけだと言っていたけれど、実際の関係はどうなっているのだろう。

やっぱり、気になる。でも、かさねが嘘をついているようにも思えない。

昔喧嘩《けんか》して仲違《なかたが》いをしたとか、かなあ。

門から十メートルほど進むと建物が現れた。木造の洋館で、地面から天井までの大きな窓が見える。そばにはテラス席もある。ドアを引きあけると、鈍いけれど心地のいい鐘の音が鳴り響き、涼しい風がわたしたちを出迎えてくれた。

「あ、来た来た」

中からやってきたのは会長で、少し遅れて睦月くんも出てくる。ふたりとも無地のTシャツにスラックスをはいていて、かっちりとした印象を受ける。睦月くんはロールアップしているので、ほどよいカジュアル感もあった。

会長と睦月くん、そしてそこにかさねがくわわると、美男美女感が増して圧倒される。

「もう来てる子もいるよ」

「え？　ほかにもいるの？」

中を指して会長が言うと、かさねが顔をしかめる。知り合いだけだと思ったからかさねは普段の眼鏡を封印してきたのだろう。ただ、こちらに気づいたメンツに「まあいいけど」と少し肩の力を抜いた。

わたしも遅れて店の奥を見ると、益田くんと高峰さん、そしてその弟の礼くんもいた。

益田くんはスキニータイプのパンツに、大きめのシャツ。ラフなのにこの場にとても合っている。高峰さんは首元に大きなリボンのある、シャツワンピだ。ミニスカートの裾《すそ》からレースのペチコートがひらりと揺れる。足下はヒールのパンプス。彼女のまわりだけぱっと華やかに見えた。かわいらしいのに色っぽい。礼くんはシャツにサスペンダーつきの七分丈のパンツ、そしてベストというなんともかわいらしい格好だった。子どもっぽく見えないのは、大人っぽいえんじ色と一部分だけポイントとして入っているチェック柄のせいだろう。

「貸し切りだから四人だけもさみしいだろ」

勝手なことしないでよ、と隣のかさねは文句を言って会長を睨《にら》んでいる。会長はまあまあ、とかさねに手のひらを見せて苦笑いをしていた。

わたしたちのあとにやってきたのは、意外にも山崎くんだった。

「睦月くんが呼んだの？」

「高峰が来るって言ったらふたつ返事で行くって」

おもしろそうだから呼んだだけじゃん、それ。

睦月くんの顔を見ると、山崎くんは忌ま忌ましげに眼鏡をくいっと持ちあげる。眼鏡にYシャツにスラックスという彼は、それが誰よりも似合うだろうと思わせるほど板についていた。社会人になったら、めちゃくちゃモテるかもしれない。

山崎くんはわたしたちをすいっと無視するように通り過ぎて、一直線に高峰さんの元に近づきにこやかに挨拶《あいさつ》をかわす。態度が違いすぎるのではないだろうか。

「まだほかにも誰か来るの？」

店内はこれで八人だ。

この店はざっと見る限り二十人は入れるだろう。そのスペースを八人だけで使うのは贅沢《ぜいたく》すぎる。

「あとは龍のクラスの友だちとか、小学校からのやつとかちらほら。たぶんかさねが物陰から出なくなるから、小夜子相手してやって」

うくく、といつもの悪人顔をしながら、睦月くんはかさねを気にかける。前は陣内、と呼んでいたけれど、もう今は名前で呼んでいる。

無意識にショルダーバッグを抱きかかえていたことに、「寒い？」と益田くんに訊《き》かれるまで気づかなかった。

睦月くんが言ったように、店内には次第に人が増えていく。ときどき顔見知り（何度か頼み事をされた相手）と挨拶をかわしたものの、基本的には会長の知り合いのほうが多く、知らない人ばかりだった。

「こんなことなら先に言えっつーの」

かさねがカーテンのそばに体を寄せてぶつぶつと悪態をついていた。

会長はかさねになにも言っていなかったようで、目が合うたびに気まずそうに顔をそらしている。こんな格好しなきゃよかった、とか、そもそも来なきゃよかった、とか、あいつが企《たくら》んだんだ、とずっとひとりしゃべっているかさねに、声をかけるのははばかられた。というかこわいのでやめた。今はそっとしておいてあげよう。

かさねが殻に閉じこもってしまったので、バイキングの料理が運ばれてくるまで益田くんと近くのテーブルで過ごした。

いつの間にか窓が開放されていて、テラスでおしゃべりしている人もいる。緑のおかげで道路から見えることもない。

約束の十三時を少しすぎたところで、中央の大きなテーブルに料理が運ばれてきた。

「プレオープンって言うか、ただの貸し切り食事会みたいな感じで、気楽に。べつにゲームとかもないから自由に過ごして自由に帰ってもらって大丈夫です」

会長が料理の前で挨拶らしきことを気品あふれる感じで言った。

「すげえなあ」

「すごいねえ」

注文したオレンジジュースとウーロン茶のグラスに口をつけながら、益田くんと一緒に感嘆の声を漏らす。

さっそく鴨肉のソテーとやらと、鶏肉のグリルとやらをテーブルにいる店員さんに取り分けてもらった。サラダやスープもテーブルに並べる。

睦月くんはどこにいるのだろうと視線をさまよわせると、男子のグループの中で笑っていた。同じクラスの友だちだろう。しばらくして益田くんも呼ばれて行ってしまう。

人目を避けるかさねとちびちびとご飯を食べていると、あっという間に時間が流れていく。ときおり「副部長も来てたんだ」とか「いつもあざーっす」と数人の男子が挨拶をしに来てくれる。そのたびにかさねはカーテンに巻きついて気配を消してしまった。

「サヨ、私に気を遣わないで誰かと話してきてもいいんだよ」

カーテンがしゃべっているみたいだ。

「大丈夫だよ、そんなに知り合いいないし」

ただ。

談笑している睦月くんに視線を向けてから、ショルダーバッグと紙袋を一瞥《いちべつ》する。

今日こそはと思ってラブレターを持ってきた。どこか、いいタイミングで告白をしてしまおうと今までの百倍くらい決意を固めてやってきた。

来週に入れば一学期の期末テスト一週間前に突入する。そのあいだ部活動は全面禁止だ。つまり、風紀部として睦月くんと顔を合わせることはなくなる。テスト期間は午前中だけだし、テストが終わればわたしたちの学校は自由登校で、一週間ほど学校は休校状態になる。そして終業式と夏休み。

今のこのタイミングなら、ふられても打撃が少ない。

そう思っていたものの、今日はなかなか難しそうな気配だ。ふたりきりになるチャンスがない。帰りもおそらくみんなで帰ることになるだろう。

予想が外れたことに軽いショックを受けながらお肉を頬張った。

「ちょっとお手洗い行ってくる」

クラッチバッグで顔を隠しながら、かさねがカーテンから出てきて足早に奥に向かう。顔が見えなくてもスタイルだけで注目されそうだけれど、幸いみんな会話に夢中らしくかさねに気づくことはなかった。

さて、どうするか。

告白を諦《あきら》めるのか、自分でタイミングを作るのか。かなり難問だ。

時間を確認すると、すでに食事がはじまってから一時間。このままではすぐにお開きの時間になってしまう。

「小夜子、食ってるか？」

まるでわたしの焦りを察したかのように、目の前に睦月くんがやってきた。そして、テーブルに並んでいるお肉を見て、「俺にもこれちょうだい」とわたしのお皿にあるフォークでぱくんと食べる。

間接キスなんだけど！　と突っ込みたいけれど、ぐっと言葉を呑《の》み込んだ。相手は睦月くんだ。きっと「それが？」と言われるだけで、気にしているのは自分だけだと思い知らされることになる。

山崎くんに熊野先輩、二度勘違いを繰り返したので、三度目は避けたい。

自意識過剰は封印だ。

というか。これはチャンスなのでは。

今この場所にはわたしと睦月くんしかいない。かさねはお手洗いだし、ほかの人たちはいくつかの塊になって話に夢中になっている。

今までため込んでいた勇気を放出するのは今だ！

「あのっ」

「そういやさ」

意をけっして口を開くと、同時に睦月くんがなにかを思いだしわたしを見た。

タイミングが悪い！

「……どうしたの？」

睦月くんの話を後回しにして告白するわけにもいかず、気分を切り替えるためにモッツァレラチーズののっているビスケットを手にして一口食べる。

「俺、ラブレターもらっちゃった」

ぴたりと、体の細胞がすべて動きをとめた。

――今、なんて？

ゆっくりと、視線をチーズから睦月くんに移動させる。

「ラブレター」

ふへへ、と睦月くんが笑う。

それは、いつもの睦月くんの笑みだ。けれど、どことなく違う気もする。おそらく、睦月くんは喜んでいた。だって、彼の頬が桜みたいなピンク色に染まっている。

空高くから、大きなたらいがわたしの頭めがけて落下してくる。それはわたしに直撃して、脳みそがシャッフルされる。ぐわんぐわんと視界が揺れる。

「え？　え、なんで？」

「なんでって俺に訊くなよ」

「だ、誰、から？」

「俺に言わせるなよ」

じゃあなんでわたしにラブレターの報告をしてきたんだ。

「ちょ、ちょっと」

もっと詳しく話してくれませんか。

動揺を隠すことができず震える声で呼びかけたけれど、それは「おーい、燿ー」というどこかの誰かの声にかき消されてしまった。

「なんだよ。あ、またあとでな、小夜子。食えよ」

「ちょ……！」

話の途中なんですけど！

言いたいことだけを言って、睦月くんはわたしから離れていく。絶対わたしが気にしているのをわかっているのに！　なんで！

どういうこと。睦月くんが、ラブレターをもらったって？　え？　なんで。

いったい、いつもらったのだろうか。今週のどこかでもらっていたってこと？　でも、なんでそれを今日言うのだろう。

睦月くんとは昨日も顔を合わせた。貸した世界史の資料集を家に忘れてきたと教室に謝りにきたし、放課後もクラスの掃除を終わらせてからよった部室でも。会長に終業式の準備を手伝ってくれと頼まれたけれどやりたくない、と一時間以上、わたしにごねていたのを思いだす。

もし、その時点でもらっていたなら、どうしてそのときに言わなかったのか。

忘れていただけか。

もしくは――今日、もらったばかりなのか。

今日だとするならば、今、ここにいる人の中に差出人がいるってことだ。

だ、誰？

隅々まで見渡し女子を探す。高峰さん含めて、十人弱だ。その中で確実に睦月くんに好意を持っているのは高峰さんだけれど……高峰さんはファンだと言っていた。

いや、ちょっと待て。

そもそもわたしは差出人を探し出してどうしたいのか。知ったところで、わたしには為《な》す術《すべ》がない。結果を待つしかできない。

それでも、女子たちの様子を探ってしまう。無意味だとわかっているのに探してしまうのは、睦月くんが喜んでいたからだ。

睦月くんはモテる。目立つ彼のことを好きな人はわたし以外にもたくさんいる。高峰さんのようにファンとして、恋愛感情とはべつの好意を抱いている人もいるだろうけれど、告白しようと思う女子も間違いなく、いる。そして、今までそれを行動に移した女子の存在も、風の噂でわたしの耳には届いている。

睦月くんに彼女がいないのは間違いないので、告白はすべて断っているのだろう。だから、今まで彼に好きな人がいるという可能性は考えたことがなかった。

けれど、睦月くんが喜んでいるということは、好きな女子からのものだからなのでは。

つまり、それは、わたしは告白する前に失恋したということだ。

かっと目を見開き衝撃の事実に気づく。そして、背中に大きな漬け物石が落ちてきたように体が重くなりテーブルに手をついた。

「……マジか」

「どうしたの？　気分悪い？」

突然、会長がわたしの顔を覗《のぞ》き込んだ。急に目の前に端整な顔立ちの王子様が現れると心臓がとまりそうになる。声にならない声を出してのけぞった。

「だ、大丈夫です」

「そう？　暗いものを背負ってたけど。たくさん食べて元気出して」

「ありがとうございます」

こうやってひとりひとりに声をかけてまわっているのだろうか。さすがだ。

とはいえ、頭の中は睦月くんがもらったというラブレターのことでいっぱいで、お腹も満腹状態だ。

そういえば、会長だったら、ラブレターのことや差出人を知っていたりするだろうか。

わたし以外に話しているとしたら、会長しかいない。

「……あの、ラブレターの、ことなんですけど」

「え、あ、あの件？」

やっぱり話を聞いていたらしい。先輩は見るからに動揺しはじめた。差出人を知っているのだろう。狼狽《うろた》えるということは、相手はわたしの知っている人なのかもしれない。

この中でわたしの知っている女子はふたりだけ。

顎《あご》に手をあてて黙りこくると、

「まあ、気にしないでいいんじゃないかな」

と、会長が落ち着かない様子で言った。

「そうなんですけど……でも」

ううーんと顔を両手で覆ってうなる。

会長の言うとおりなのは理解している。なのに。

「やっぱり、気になる、よね」

「……そうですね。このまま有耶無耶《うやむや》になったらって考えると」

睦月くんはなんて返事をするのだろう。来週には学校中『睦月くんに彼女ができた』という噂で持ちきりかもしれない。そんなことになったら、告白ができなかったことを悔やんでも悔やみきれない。かといってこの状態で告白するのも、今朝の千倍勇気が必要だ。わたしの勇気はもう干上がっているというのに。

「そうだよな、このまま、有耶無耶にしちゃいけないよな」

「会長もそう思いますか？」

「ごめん！」

ですよね、と言葉を続けようとすると、会長が九十度に頭を下げた。あまりの速さに会長が消えてしまったのかと思った。

「え？　え、なんですか？」

なんで会長が謝っているのか。

会長のつむじを見下ろしながら呆然《ぼうぜん》としていると、会長がゆるゆると体を起こす。次第に見えてくる表情は、どこか苦しげだった。唇に歯を立てて、目を伏せている。

「あのラブレター、オレなんだ」

「え？　え？」

睦月くんに出したラブレターは会長からだってこと？

ふたりはそういう関係だったってこと？

でも、そう考えると睦月くんがうれしそうだったのも、納得できるかもしれない。もともと、仲がいいなあとは思っていたし。

「熊野が靴箱に手紙を入れているのを見て、おかしいなって思ったんだ。熊野は同じクラスの水本のことが好きなんだろうって気づいていたし」

なるほど、と頷《うなず》きかけた頭がとまる。

なんで急に熊野先輩の名前が出てきたのか。

「あそこがかさねのクラスの靴箱だっていうのは知ってたから、もしかして朝桐さんの靴箱なんじゃないかって。かさねから朝桐さんはよく人に頼み事をされているのも聞いていたから、だから」

熊野先輩がこの前わたしに出したあのラブレター（実際には違ったけれど）のことを話しているようだ。ラブレター違いですよ、と口を挟むわけにもいかないので黙って耳を傾ける。

「悪いなと思いつつ勝手に見ちゃったんだ。そしたらあの内容だろ。それでオレから熊野に話をしようと思って持ち出したら、一枚目を落としてしまったみたいで」

「ああ、そういうこと！」

ぽんと手を打って、声をあげた。

熊野先輩が書いたという二枚目の存在を、掲示板に貼りつけた益田くんの友だちも知らなかったのはそういう理由だったらしい。会長が故意にわたしの靴箱から手紙を取り出していたとは想像もしていなかった。

会長の耳にもわたしが断らない性格だと伝わっていたことに驚きつつも、そういえば熊野先輩に会いに行ったときも会長ともあろう人が睦月くんと一緒に覗いていたし、次の日のデートも、睦月くんの提案に乗り気だった。それは、事情を知っているから心配してくれていたのだろう。

「勝手に靴箱をあけたうえに落としてあんなことになって、申し訳ない。おまけに今まで隠していて、すまなかった」

「いえ、大丈夫です。えーっと、その、すっきりしました！　ありがとうございます」

その件ではないですよ、とこんなに謝ってくれている人に言うわけにもいかない。それに、すっきりしたのも事実だ。

「オレのせいで噂になってしまったようなものなのに」

「いいですよ、そのくらい。そのうち消えますから」

たぶん。

「朝桐さんみたいないい子が燿のそばにいるなんて、不憫《ふびん》な……」

ははは、と笑うと、会長は目頭をおさえてつぶやく。

「燿は疫病神みたいなやつだから、風紀部をやめたくなったらいつでも言ってくれ！」

たしかに、彼のせいで多少いろんなことに巻き込まれてはいる。でも。

「睦月くんは、新しいものの見方や考えかたで、わたしを救ってくれたんです」

「……かわってるね、朝桐さん」

答えると、目をぱちくりしてから会長が笑った。

疫病神だと言いながらも、今も睦月くんと仲のいい会長もわたしと一緒だと思う。

くすくす笑って「ですね」と答えた。


で、結局ラブレターの差出人はわからないまま。

会長はもう一度「ごめんね」と「ありがとう」と言ってべつの人のところに向かった。

あの様子では睦月くんのラブレターのことはきっと知らないのだろう。

お手洗いのほうを見やるけれど、かさねはまだ戻ってくる気配がない。人がいない場所で気を抜いてゆっくり過ごしているのだろうか。

ひとりでいることは苦ではない。ひとりだからこそ。

「あ、あの」

足を踏み出して、目的の人の背中に声をかける。

「ああ、どうしたの朝桐さん」

振り返った高峰さんは、さりげなくスペースをあけてわたしを輪の中に入れてくれた。そばには礼くんと山崎くんというなかなか見ない組み合わせだ。知らない男女も何名かいたけれど、主に三人で話をしていたらしい。山崎くんが〝邪魔するな〟という鋭い視線をわたしに向けたので間違いないだろう。ついでに礼くんは、わたしにはまだ敵対心を抱いているらしく、やや高峰さんの陰に隠れている。

「いつも一緒にいる子は？」

「かさねは、今はちょっと席を外してて。えーっと、最近、どうかなあって」

「なにその質問」

ははは、と高峰さんが笑う。

以前は（睦月くんファン代表として）敵視されていたけれど、今はこうして気軽に話してくれる。

「ファンクラブの活動はどうなのかなって。その、抜け駆けした人、とか？」

「は？　なにそんな子がいるの？　ちょっと誰？」

「いや、いやいや、どうなのかなーって思っただけで！」

食われそうな勢いに体をよじってよける。

高峰さんではない。この高峰さんがラブレターなんて絶対渡すはずがない。確信した。

ただ、そのかわりにわたしが告白したらたぶん食われる。

「っていうか、朝桐さんのほうがそういう人がいたらすぐわかると思うけどね」

「え？　なんで？　あ、風紀部で一緒だからかな」

そばにいるから情報が入ってくるとかそういうことなら、一理ある。

「朝桐さんが断らない人だから」

「朝桐先輩はお人好《ひとよ》しだし、睦月先輩に近づきたい人からすれば便利だよね」

礼くんもうんうんと頷いている。

どういうことかと理解できないわたしに、山崎くんが頭を左右に振る。

「朝桐は見ず知らずの女子の捜しものを一緒に捜して結果忘れ去られても憤慨もしないくらい善良で無害だから、睦月に手紙を渡してもらおうって考える浅はかで他人任せの女子がいるだろうってことだよ」

「あ、ああ、なるほど！」

中学時代、相手の男子と親しくもないのに手紙を渡してほしいと頼まれたことを思いだした。たしかに誰かが睦月くんに渡してほしいとわたしに言付ける可能性は高い。

けれど、今回のラブレターはそうすることなく、誰かは自分の手で睦月くんに渡したということだ。〝誰か〟は、ものすごく勇気を振り絞って行動したのだろう。まだ行動していないわたしなんかよりも、ずっと。

そんなことを考えていると、ふと疑問に思う。

「……山崎くん、よく知ってるね、その話」

「そりゃあ、朝桐が何度も何度もしゃべっているのを聞いたからな。いやでも覚える」

そんな詳細までわたしはかさねにしゃべっていたのか。教室や廊下でも話していたので、同じクラスの山崎くんが耳にしていてもおかしくはない。

わたしの思い出を、山崎くんならひとつのズレもなく盗めただろう。

「……山崎くん」

もしや、と山崎くんにだけ聞こえるくらいの音量で呼びかける。

「高峰さんにその話、したんじゃない？」

「したけど？」

悪びれる様子のない顔で肯定されてしまった。

「いや、したけど？　じゃないよ。個人情報だよ。プライバシー！」

「だったらあんなに何度も僕に聞かせないでほしい」

ふんぞり返って眼鏡を持ちあげる山崎くんに、反論はできなかった。まあ、言われてみればそのとおりだ。そもそも個人情報に当てはまるのかもよくわかんないし。

高峰さんが廊下かどこかでわたしの話を聞いたのかなと思っていたけれど、山崎くんから聞いた話だったようだ。そりゃそうか。高峰さんと顔を合わせることなんてほとんどないし、すれ違っただけで会話をすべて聞き取るのも難しい。

「どうせ、高峰さんと話をしたくて興味がありそうなネタとして利用したんでしょ」

「それは、まあ、否定できないな」

少しは申し訳ないと思ったり、恥ずかしがったりしてほしい。開き直るのはずるい。

「なに、ふたりでこそこそして」

「なんでもないよ。もう終わった。じゃあな朝桐」

高峰さんが話しかけてくると、山崎くんはわたしの背中を押して輪の外に追い出した。明らかにわたしに見せる顔と高峰さんに見せる顔が違う。なんてわかりやすいんだ。礼くんは、追い出されたわたしに気づいたらしく、肩をすくめるだけの挨拶《あいさつ》のようなものをしてみせた。そしてふたりを見てやさしい笑みをかすかに浮かべる。

礼くんは山崎くんの気持ちに気づいているのだろう。最近の山崎くんは高峰さんへの好意をあまり隠していない。おそらく高峰さんが睦月くんを好きだったわけではなく、ファン心理だったことを知ったのだと思う。以前よりも堂々としているのは自信の表れか。それが、高峰さんとの仲を進展させているのだろうか。

……まあ、うまくいけばいいね。

高峰さんが山崎くんの気持ちに気づいているのか、山崎くんのことをどう思っているのかはわからないけれど。うまくいったらもうちょっとわたしにやさしくしてほしい。

わかったことは、ラジオの件の発端は山崎くんだった、ということだ。

べつにそんなことは知らなくてもよかったのに。

飲んでいたはずのグラスを高峰さんたちのテーブルに置いてきてしまったけれど、取りに戻る気にはなれず（邪魔者扱いされるし）、とぼとぼともといた場所に戻る。途中で店員さんにアイスティーをお願いした。

かさねはまだ戻ってきていないようで、かわりに益田くんがきょろきょろしながら立っている。そして、わたしを見つけて「あ、いたいた」と人懐こい笑顔を見せた。

「なんか、元気ない？　沈んだ顔してるけど」

「そうかな。そう、かもしれないなあ」

ははは、と笑みを顔に貼りつけて益田くんの隣に並ぶと、ちょうどいいタイミングでアイスティーが運ばれてきた。

「この前の話、すごい噂になってたな。さっきもその話出たよ」

「あ、ああー……あれね。熊野先輩のキューピッドになったやつ」

「いいように言いすぎだろ。だからとめたのに」

益田くんの顔は真剣そのものだ。あのとき益田くんは本気で心配してくれていて、結果的に彼の予想は正しかった。

「知ってても引き受けただろうと思うからいいかなって」

「なんでそんな思考になるの」

サラダにフォークを突き刺して、ベビーレタスを頬張る。ゆっくり咀嚼《そしゃく》してから「みんなに心配かけてるけど、でも、いいんだよ」と言葉をつけ足した。

「そのままじゃ、これからも利用されるじゃん。中学のときも――……」

益田くんがこんなにわたしを心配してくれているのは、中学時代、女子たちに責められていたわたしを見たことがあるからだ。彼には『利用されてない？』と聞かれたことがあったけれど、ときどきさりげなくわたしを手伝ってくれるようになったのはそれからだったと思う。高校に入ってから特に気にかけてくれるのも、そのためだろう。

「わたし、断らないとって思ってたけど、本音は断らなくていいと思ってたんだよね」

「……なんで？」

「いいよって思っちゃうんだよ。いやだなって思ってないの。わたし、お人好しになるのが好きなんだよ。それに、睦月くんが気づかせてくれたの」

今まで気づかなくてかっこ悪いね、と言うと、益田くんは困ったように薄ら笑いを浮かべて「そんなことないよ」と言ってくれた。そして、

「睦月は、朝桐がそういうやつだって、わかってたんだな」

とさびしげにつぶやく。

わたしと益田くんの視線の先には、テラス席で男子たちと人をからかうように大きく

口をあけている横顔の睦月くんがいた。真夏日は、彼の笑顔によく似合う。

はじめて出会ったときから、わたしにはいつだって彼が輝いて見えた。親しくなって知らなかった一面を知っても、その輝きは失われることなくむしろ増すばかりだ。

「そうなんだよね、だから――」

「好きなんだろ？」

呑《の》み込むつもりだった言葉の続きを、益田くんが口にする。

「っな」

「だからバレバレだって」

顔が真っ赤に染まり、それを見た益田くんは噴き出した。

一瞬で熱が出てしまう。なんでわたしの頬はこんなに素直なのか。自分の意思ではどうにもできなくて、恥ずかしい。少しでもこの火照りが静まるようにとアイスティーを一気に飲み干した。

「前に電車で、睦月にメール送ろうとしてただろ」

「え？　え！　見たの？」

あの痛々しいわたしのメールを見られていたとは。

「後ろから声かけようとしたら見えちゃったんだよ。でも、覗《のぞ》き見したみたいで気分悪いよな、ごめん」

「いや、それはいいんだけど、内容が恥ずかしかったなってだけで……」

「一回見ただけで覚えちゃうくらい強烈な文章だったよね」

「言わないで！　忘れてほしい！」

暗唱しかけた益田くんの声を聞かないように耳を塞《ふさ》ぐ。けれど、音を完璧《かんぺき》に遮断することはできず「おれが、睦月にメールを送ったんだ」と言ったのが聞こえてきた。

手を耳から離して「なんて？」と聞き返す。

「睦月にあの不幸のメール、送ったのおれなんだ」

「な、なんで？　益田くん、睦月くんのこと、その、嫌いだった、の？」

てっきり仲がいいかと思っていた。

睦月くんのノートPCに届いていたあの大量の不幸のメールが、全部益田くんから送られたものだったってことだろうか。

「いや、はじめは友だちとふざけてたって言うか。睦月ならどうすんのかなって何人かで送って、ほかにもいたのかもしれないけど。でも、後半は……嫉妬《しっと》で」

嫉妬とは。

「朝桐を風紀部に巻き込んだから。ついでに、朝桐のメールが届いても、気づかなかったらいいのになって思って、文章もちょっといじって」

意味がさっぱりわからなくて、眉《まゆ》を寄せて考える。

「おれ――」

益田くんが目をぎゅっとつむって声を出そうとすると、いつの間にか、グラスを手にしたかさねが益田くんの背後にいて、わたしたちをじいっと見つめていた。

「かさね！　大丈夫？」

長い間お手洗いから出てこなかったので、かさねの姿に思わず益田くんの話を遮ってしまった。

「あ、ごめん！　話の途中なのに」

はっとして益田くんに謝ると、

「……いや、まあ、いいや。とにかくごめんな」

と言って踵《きびす》を返しべつの友だちのところに行ってしまう。

「悪いことをしてしまった」

人の話を遮ってしまうとは。しかも益田くんはとても真剣な顔をしていたので、わたしに伝えたいことがあったはずだ。あとで益田くんと話せるチャンスがあればもう一度向き合わなくちゃ。

自分のやってしまったことにしょんぼりしていると、かさねが「あーあ」と言って益田くんがいた場所に立つ。

「せっかくの告白タイムだったのに」

「なにそれ。そんなんじゃないよ」

誰が誰に告白をするのか。

笑って否定するけれど、かさねは心底呆《あき》れた顔をしてわたしを見つめた。若干侮蔑《ぶべつ》がこめられているように感じるのは気のせいだろうか。

「益田くんのために私からは言わないでおくわ」

「なにそれ」

「もともとのメールから文章がかわったのは、サヨのメールを見たからだったんだね。サヨのメールに似せると、よりわかりにくくなるから。手がこんでるなあ」

そう言って、かさねは納得したらしくうんうんと頷《うなず》いている。たしかに、あのときの睦月くんは、途中から文面がかわっていることに違和感を覚えていた。

「でもやっぱり、益田くんらしくないよね」

「嫉妬でしょ、だから」

嫉妬かあ、とよくわからないまま反芻《はんすう》する。

誰が、誰に。

「——え?」

「あ、気づいた? やっと?」

目を見張り声を出すと、手からフォークが滑り落ちる。カツンカツンと金属がぶつかる音は、わたしの脳内でいろんなものがつながる音のようだ。

——もしかして益田くんは、わたしのことを?

え? また勘違いなのでは。今回もわたしの勘違いだったらこれで三度目で、もうこの先なにも信じられなくなってしまう。

おそるおそるかさねに確認すると「十中八九」と返事がきた。

「そ、そんな！　どうしたらいいの！」

この先どんな顔して益田くんと会えばいいのか。

「まあ、今はどうしようもないから今までどおり鈍感になっていればいいと思うけど。そのほうが楽だと思うよ、益田くんも」

かさねはわたしの肩をぽんぽんっと叩《たた》く。

そんな方法でいいのだろうか。

でも、なにも言われていないので、わたしが意識しすぎるのはよくないのかもしれない。ましてや「私のこと好きなんですか」なんてことは口が裂けても言えない。

そうか……と小さな声で返事をし、益田くんに視線を向ける。

「なにが関係しているのか、わかんないもんなんだね」

熊野先輩からの手紙も、ラジオの投稿の件も、そして不幸のメールも。知らなかった事実が隠されていた。すべての物事はいろんな人の言動によって、偶然や必然が絡み合って起こっているのかもしれない。

「ねえ、かさね」

「本当に？」

どれもこれも、小さな疑問をわたしに残していた。その答えはちゃんとあった。

そうなると、ひとつだけ不思議なことが残っている。

もぐもぐと口を動かしながらかさねが返事をする。

「なに」

「わたしのラブレターがなくなったのは、かさねのせい？」

ずっと、疑問だった。

風紀部に入るきっかけになったあの日、わたしはラブレターを間違いなくカバンの内ポケットに入れていたはずだ。なのに、放課後になるとそれがなくなり、教科書かノートに挟まっていたのか、カバンの中をひっくり返したら出てきた。

わたしがうっかりしていたのかなと気にしていなかった。けれど、すべてに理由があるのなら、あの日のラブレターは、かさねが故意に隠したという答えしか出てこない。

かさねは、わたしのカバンからラブレターを取り出したのではないだろうか。

そして、それを自分のノートに挟んで隠した。おそらく、数学のノートに。そのノートを、わたしは数学の課題をするためにかさねに貸してもらっていた。

もちろん、これはわたしの憶測に過ぎない。

なんの証拠もないし、わたしがうっかりノートに挟んだ可能性もある。

でも。かさねはいつも、わたしが睦月くんに告白するのをとめていた。なんなら片想いをしていることにも否定的だった。

手のひらに爪が食い込むほどかたい拳《こぶし》を作って、かさねを見つめる。かさねは無表情のまま口を動かし続け、そして、

「ごめんね」

と認めた。

「睦月のことが嫌いで、あいつにサヨはもったいなさすぎるから」

「ねえ、なんで睦月って呼ぶの？　本当は燿って呼んでるのに」

そんなに嫌っている相手なのに、睦月くんとかさねはとても自然に名前で呼び合っている。そして、それをわたしには隠そうとしている。

今までため込んでいた嫉妬が、けっして口にしたくなかった嫉妬が、ぽろぽろと口からこぼれ落ちそうになる。

「もしかして、かさねは睦月くんとなにか、関係があるの？」

「いや、マジでやめて！」

涙がこぼれそうになり、まぶたをぎゅっと閉じる。と、食い気味にかさねが否定した。

その声は本気で、真面目で、真剣で、ずどんと胸に突き刺さるくらいの強さがあった。

「サヨが勘違いするのも、まあわからないでもない。でも、本当になんの関係もないの。家が近くてよく話していただけの関係。ついでにその過去は私の記憶から抹消した」

かさねは、わたしの肩をつかむ。かさねの双眼には、わたししか映っていなかった。

嘘の濁りはなにひとつ感じなかった。

「でも、名前で呼び合ってるし」

「幼なじみだったから。クセ、それだけ」

「もしかして、彼氏っぽい人が睦月くんだったり」

「そんなことになったら舌噛《か》んで死ぬ」

屈辱だ、とでも言いたげにかさねが歯を食いしばった。つかまれた肩にかさねの爪が食い込んでくる。痛い。

「私がなんでこんなに睦月を嫌っているかを説明したほうが早いな」

はあーっとため息をついて首を落としてから、かさねが顔をあげた。

「私が人から注目されたくないのはね、あいつのせいなの。今なんかまだマシ。小学校のころのあいつは独占欲が強くてわがままな、かなりの問題児」

そこからかさねの思い出話がはじまる。

どうやらかさねは小学校時代、睦月くんのせいでやりたくないことを無理やりやらされてきたらしい。そして、散々な目にあってきたという。たとえば一緒に泥水の中に入る羽目になったとか、野良猫を飼いたいと探索にかり出されて木から落ちて骨折したとか。結果、かさねは睦月くんと同じような問題児に見られて、女友だちに敬遠されてしまったようだ。

それだけならまだしも、小学校高学年になると、かさねは男子に人気が出るようになった。ついでに睦月くんとつき合っているという噂を立てられ、女子との関係は最悪だったとか。

「それをね、あいつは否定しないのよ。なんでだと思う？　龍と私がつき合うのを阻止するために。あいつは龍と仲のいい私のことを邪魔だと思ってたのよ」

ふたりがつき合うことで、自分の遊び相手がいなくなると思ったようだ。そして、人のいやがることをするのが好きだという理由もあるとかさねが言う。かさねと会長が心底いやがればいやがるほど、睦月くんは楽しかったのだろう。ひどい。

「そのせいで、龍とは宙ぶらりんなよくわからない関係だし……」

かさねの彼氏っぽい人とは会長のことだったのか。でも、話を聞いていると、明確につき合っている、というわけでもないみたいだ。おそらくだけれど、いいムードになりそうなときに、抜群のタイミングで睦月くんの邪魔が入るのだろう。そんな気がする。

熊野先輩と出かける日も一緒にいたし、もしかすると、ついていくと言い出したときにかさねが怒ったのは、会長と出かける約束があったのかもしれない。

「会うときは必死に隠してるけど、あいつ絶対気づいていないフリしてるだけなのよ！　毎回毎回、その日に限って龍を誘ったり連れ出したりするんだから！」

「あー、あー、ああ……」

こんな間抜けな返事しかできない。

「サヨに龍とのことを言わなかったのは、つき合ってるわけじゃないから。それだけよ。それに燿に知られたら面倒なことは誰にも、たとえサヨでも、話さないに越したことはないから。どこからか嗅《か》ぎつけてくるのよ、あの疫病神は」

かさねがちっと舌打ちをした。

今聞いた千倍くらいの恨みがありそうだと思った。

「そもそも地味な格好しているのも、あいつが目立つせいで私が女子に睨《にら》まれるからよ。そうでなくても難癖つけられるしナンパもうざいっていうのに」

もともと女子と親しくする方法がわかんないしね、とかさねが言葉をつけ足す。物言いがキツいので、今も少しこわがられていたりする。美人なら余計だろう。

「つまり、私は虫唾《むしず》が走るくらいあいつのことが嫌いなの。ねえわかった？　わかってくれた？　二度とあいつと関係があるとか言わないでくれる？」

「す、すみませんでした……」

土下座したほうがいいですかね。

かさねはすっきりしてくれたようで、わたしの肩を離した。そして喉《のど》が渇いたのかアイスティーを一気飲みして「ふは」とビールを飲んだあとの大人のような声を出す。

「もともと嫌いなのに、サヨがあいつを好きになるとか余計むかつく」

舌打ちまじりにかさねが吐き出す。

「あいつはいつも私の大事な人を独り占めしようとする」

いつも大人っぽいかさねが唇を突き出して拗《す》ねたような顔になった。

「だから、邪魔したの」

かさねは、嫉妬《しっと》していたのか。

わたしに、ではなく、睦月くんに。

「……なに笑ってんのよ」

「え？　いや、かさねからの愛がうれしくて……」

にょによしているわたしを見て、かさねが羞恥《しゅうち》を隠すように冷たく言った。それがまたかわいくてうれしくて、顔がだらしなく緩んでしまう。

「怒らないの？」

「うん。うれしいし、それにそのおかげで、睦月くんと仲良くなれたし」

気になっていたのは、わたしがかさねに嫉妬していたからだ。

告白できなかったことを残念に思ったり、ラブレターをなくしたのかと焦ったりもしたけれど、結果オーライな部分もある。

わたしは自分のことを認められるようになった。

あの出会いがなければ、わたしは今も、自分のお人好《ひとよ》し具合にうじうじもじもじと悩んでいたことだろう。

「……サヨ、ごめん」

「わたしも、疑ってごめんね」

照れ隠しだろうか、かさねは「ほんとだよ」と笑って言った。

「嫉妬って、なんかこう、普段なら絶対しないようなことしでかしちゃったり、落ち着いて考えればわかることを誤解しちゃって思い込んでしまったりするね」

しみじみつぶやくと、かさねも「そうだね」と同意する。

今考えればばかさねがそんな嘘をつくはずがないとわかるのに、不安の種に自ら水を与えて大きくしてしまった。かさねも、たとえわたしが睦月くんのことを好きでも、かさねを好きな気持ちにはなんの影響もないとわかっていたはずだ。

けれど、恋が、好きだと思う気持ちが、そうさせてしまうのかもしれない。

好きな人の持ち物を何日間もポケットに入れたままにしたり、好きな人に、不幸のメールを送ってしまったり。好きな人に近づきたいと他人の思い出を自分にすりかえたり。端《はた》から見れば両想いなのにわざわざ嫉妬させようとしてみたり。人のネタで好きな人と親しくなろうとしたり、人の告白を阻止するためにラブレターを隠したり、大量のメールで隠したり。会長が熊野先輩の手紙を抜き取ったのは、かさねがわたしを心配してくれていたからだろう。それも、恋だ。


誰かが誰かに恋をして、誰かの恋を応援したり邪魔したりする。

それでも自分の恋を手に入れるには——。


よし、とガッツポーズを作って気合いを入れた。

「わたし、告白するね」

やっぱり好きだから。今の自分のことを好きになれたのも、睦月くんがいてくれたから。この気持ちを、わたしは彼に伝えたい。誰かが先に告白していても、睦月くんがそれを喜んでいたとしても、そんなことは関係ないのだ。

パーティがはじまってから三時間。料理が終わって中央のテーブルにはデザートが並べられていた。とはいえ、それももうほとんど残っていない。

店内にいた人たちも、徐々に帰りはじめ、益田くんとも挨拶《あいさつ》をして別れた。高峰さんと礼くん、そして山崎くんも同じタイミングで帰ってしまい、いつの間にか店内にはわたしと睦月くんとかさねと会長だけ。

ショルダーバッグと紙袋を手にして、深呼吸をする。

睦月くんはひとりテラス席に座り、疲れたのか伸びをしていた。

「行ってきます」

かさねと会長に告げると、ふたりは「まあがんばって」と応援しているのかよくわからないテンションで見送ってくれる。かさねに関しては、結果がどちらでも睦月くんにむかつくと言っていたので、まあ仕方がない。

開け放たれているガラスの窓をくぐると、夏のにおいが鼻腔《びこう》をくすぐった。

「あの」

緑の中でのんびりしている睦月くんに呼びかけると、彼は「よう。お疲れ」と言って振り返り、いつものようにわたしに笑顔を向けてくれる。

「今日は小夜子とあんまりしゃべれなかったな」

睦月くんはずっと誰かに名前を呼ばれて忙しそうにしていたように見えた。なので、ラブレターの話も宙ぶらりんのままだ。でも、もう気にしない。

睦月くんはイスから立ち上がり、ぐいっと背を伸ばす。

――がんばれ、わたし！

自分を叱咤《しった》して奮い立たせる。

「あの、睦月くん！」

「これの話？」

くるっと体ごと振り返った睦月くんは、ポケットから一枚の封筒を取り出した。それをひらひらっと顔の横で振る。

それは、見覚えのある白い封筒だった。

しわくちゃで、ボロボロで、ゴミにしか思えないような封筒。

目の前が、真っ白になる。

「な、なん、なん、で」

それは、カバンの中に入れていたはずだ。

いつもの内ポケットに。いや、最後に取り出したとき、どこに入れなおした？

握りつぶしてしまったそれを、厚い教科書に挟んだはずだ。あれは、なんだった？

「世界史の資料集に挟まってた。気づいたの昨日の晩でさあ」

それは、その封筒は、その、ラブレターは。

わたしの、八十二通目のラブレターだ。

睦月くんがもらったラブレターってそれのことだったの？

「いやあ、びっくりしたなあ。まさか小夜子からラブレターをもらうなんて」

これは、告白した、ということなのだろうか。ラブレターだと思っているということは、そういう認識でいいのだろうか。

今わたしの持っているラブレターをどうすべきかよくわからないし、入れた気合いの行き場が不明すぎて、狼狽《ろうばい》する。

「ありがと」

睦月くんは、目を細めた。

今まで見た彼の笑顔の中で、それはもっともやさしくて、穏やかで、こんがらがって渋滞状態だったいろんな気持ちが飛散していくのを感じた。

「そ、それって……」

つまり。

もしかして。

心臓が痛いくらいに激しく伸縮している。

信じられない思いがあふれて、口元を覆う。感激してじわりとにじみ出した
睦月くんの表情がさっきの笑顔から破顔にかわった。

涙がしゅんっと引っ込んだ。かわりに、勇気が復活する。

今しかない。ラブレターは本人の手に渡ったけれど、偶然で、たまたまだ。

ちゃんと告白をしなければ。自分の意思で。

「わたし……！」

「俺も小夜子のこと好きだよ」

「軽い！」

空振りさせられたうえに、あまりの軽さに間髪を容《い》れずに叫ぶ。

軽すぎる！　なにその返事！

まるで〝小夜子〟を〝いちご〟に置き換えてもなんの違和感もない軽さだった。

「いやあ、よかったよかった」

「え、これで終わり？　え？　いやいや違うでしょ」

「なにが。まあとりあえずこれからもよろしくな。ふたりで自分のために学校の風紀を
守っていこうじゃないか」

呆然《ぼうぜん》とするわたしの肩に、睦月くんがぽんと手をのせる。

つき合うって、そういう意味で受け取ってるの？　そんなことある？　いや、おかしいでしょ。小学生じゃあるまいし。いまどきの小学生のほうが察しがいいはずだ。

じゃー帰るかあ、とわたしの横を通り過ぎる睦月くんに「そうじゃなくて！」とあわてて呼び止める。

振り返った睦月くんは、口元にしわくちゃのラブレターを添えてわたしを見た。かすかに見える口の端は、にんまりと引き上がっている。

――わざとだ。

睦月くんは、わかっていて、わたしの言葉を、ラブレターを、かわしている。

なんのために？

考えたってわたしにわかるはずがない。だって、相手は睦月くんなのだから。

睦月くんの向こうにいるかさねと会長は、頭を抱えて目をそらしていた。

「ほら、ぼーっとしてねえで、帰ろうぜ」

抜け殻になったようなわたしの手を、睦月くんがつかむ。そして、その手を絡ませる。しっかりと、離れないように。

そこから、彼の愛情を感じる気がするのは、勘違いなのだろうか。

「……ずるい」

むすっとしたままつぶやくと、睦月くんは一笑してからわたしの手を引いて歩きだした。わたしは、抵抗することなくあとをついていく。

「睦月くん、いちごは世界で何番目に好き？」
「なにそれ。百五十七番目くらい？」

せめて五十番目くらいになるまでは、このままの関係でも、まあ、いいか。
半歩先を歩く睦月くんの背中を見つめて、空を見上げる。
ああ、結局、わたしは今日も告白ができなかった。
いや、でもいつか必ず、絶対。
わたしは告白してみせる——はず。

本書は書き下ろしです。

わたしは告白《こくはく》ができない。

櫻《さくら》いいよ

令和3年 1月25日 初版発行
令和3年 6月30日 再版発行

発行者●堀内大示

発行●株式会社KADOKAWA
〒102-8177 東京都千代田区富士見2-13-3
電話 0570-002-301(ナビダイヤル)

角川文庫 22510

印刷所●株式会社KADOKAWA
製本所●株式会社KADOKAWA

表紙画●和田三造

●お問い合わせ
https://www.kadokawa.co.jp/ (「お問い合わせ」へお進みください)
※内容によっては、お答えできない場合があります。
※サポートは日本国内のみとさせていただきます。
※Japanese text only

ISBN 978-4-04-110836-9 C0193

◆◇◇

角川文庫発刊に際して

角川源義

第二次世界大戦の敗北は、軍事力の敗北であった以上に、私たちの若い文化力の敗退であった。私たちの文化が戦争に対して如何に無力であり、単なるあだ花に過ぎなかったかを、私たちは身を以て体験し痛感した。西洋近代文化の摂取にとって、明治以後八十年の歳月は決して短かすぎたとは言えない。にもかかわらず、近代文化の伝統を確立し、自由な批判と柔軟な良識に富む文化層として自らを形成することに私たちは失敗して来た。そしてこれは、各層への文化の普及滲透を任務とする出版人の責任でもあった。

一九四五年以来、私たちは再び振出しに戻り、第一歩から踏み出すことを余儀なくされた。これは大きな不幸ではあるが、反面、これまでの混沌・未熟・歪曲の中にあった我が国の文化に秩序と確たる基礎を齎らすためには絶好の機会でもある。角川書店は、このような祖国の文化的危機にあたり、微力をも顧みず再建の礎石たるべき抱負と決意とをもって出発したが、ここに創立以来の念願を果すべく角川文庫を発刊する。これまで刊行されたあらゆる全集叢書文庫類の長所と短所とを検討し、古今東西の不朽の典籍を、良心的編集のもとに、廉価に、そして書架にふさわしい美本として、多くのひとびとに提供しようとする。しかし私たちは徒らに百科全書的な知識のジレッタントを作ることを目的とせず、あくまで祖国の文化に秩序と再建への道を示し、この文庫を角川書店の栄ある事業として、今後永久に継続発展せしめ、学芸と教養との殿堂として大成せんことを期したい。多くの読書子の愛情ある忠言と支持とによって、この希望と抱負とを完遂せしめられんことを願う。

一九四九年五月三日